主夫になろうよ！

なろうよ！
主夫に

主夫に
なろうよ！

主夫になろうとしている人たちへ

さあ、ここから先の人生は、あなたのものです。世のしがらみから完全に自由になったわけではないけれど、家庭で過ごす時間は以前よりもずっと長くなります。

作家は何事についても断定しないものですが、あなたが主夫になろうとしているのであれば、わたしは迷わず背中を押します。無責任極まりありませんが、あなた自身とご家族に幸運が訪れることを祈っています。

はじめに

「男が家事をする」ということ

三十年ほど前のある日、二十歳のわたしは大学の寮の一室で考えた。弁護士を志望して法学部に進んだものの、わたしは法律を介して社会と関わることに魅力を感じなくなっていた。かといって、他にこれをしたいという仕事もない。それなら、自分はこの先、いったいなにをして生きていきたいのか？

数日はかかるとおもっていたのに、意外にも答えは簡単に出た。たとえ意に満たない職業に就くしかないとしても、家庭を持ち、子どもを育てたい。

当時、交際している女性はいなかったので、「誰と」の項目が抜けているのがおかしいが、その答えはわたしの内心の欲求を見事に言いあらわしているとおもわれた。つまり、わたしは仕事を通して社会で活躍するよりも、家庭を営むことのほうをよほど大切に考えていたのである。

数年後、ひょんなことから妻との交際が始まり、とんとん拍子に話が進んで、われわれは結婚した。妻は二十七歳で、わたしは二十四歳だった。出会ってから半年ほどでの結婚とあって、正直に言えば、うれしさ半分、戸惑いも半分といったところだった。

　夫婦になるとは、自分と同じようにがんばり、悩み、くたびれ果てては熱を出すひとりの女性と顔をつき合わせて暮らしていくことである。なんともわずらわしいが、それはお互いさまなのだし、そうしたわずらわしさこそが人生の醍醐味なのだと、わたしはしだいに納得するようになっていった。

　そして、子どもが生まれれば、さらに負担は増す。われわれ夫婦には十九歳と十一歳になる息子がおり、妻は小学校の教員なので、わたしが受け持つ家事の範囲は限りなく広い。子どもたちが幼かったころに比べればかなり楽になったが、わたしはいまでも執筆に当てるのとほぼ同じ時間を家事に割いている。創作と家事は、わたしにとっての両輪であり、家事に精を出してきたからこそ、少しはまともな文章を書けるようになったのだとおもっている。家事をしていなければ、わたしは今のような作家になっていなかっただろう。
　あまりの忙しさに気持ちがおかしくなりかけたときは、自分が子どもだったころを思い出せばいい。母がよそってくれたご飯をかきこみ、「おかわり」と差し出したお茶わんを笑顔で受け取ってもらうのは、本当にうれしかった。あの喜びを息子たちにも味わわせてやりたくて、わたしは買物や料理や掃除や洗濯や、その他もろもろの家事にはげんでいるのである。

日本においては、長らく、家庭は女性が切り盛りするものとされてきた。しかし、あらためて家庭の大切さにおもいをはせれば、それは一方の性だけに任されてよいものではない。また、「男女平等」という紋切型のスタンスで、単に家事を分担しあえばいいという性質のものでもない。「家事や家庭生活を〝新たな目〟で見られるようになり、その変化によって、社会が変わっていく契機となるような一冊にしたいとおもっています」との編集者からの依頼を受けて、わたしは本書を編むことになった。

期待にこたえられたかどうかはわからないが、わたしは以前にも増して、日々の家事を楽しくこなしている。手に取ってくれた読者のみなさんも、男女を問わず、台所に立つときに気持ちがはずむようになることを願っています。

目次

はじめに「男が家事をするということ」　3

主夫の24時間　9

ぼくが主夫になるまで　25

主夫のお悩み相談室　33

主夫のつぶやき 65
主夫と対談 171
料理をする時に心がけていること
および献立日記——あとがきにかえて 196

主夫の24時間

06:30

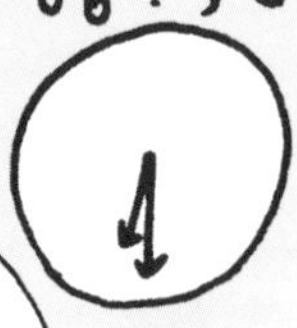

起床

朝の身じたく

このタイミングで洗濯機をまわしておこう!

ふとんをあげる

07:30

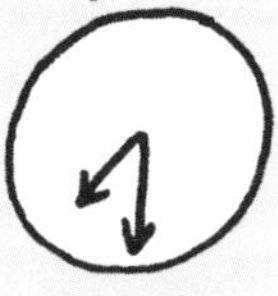

朝ごはん
見送り

ある日のメニュー
・鮭の切り身
・漬物
・ごはん
・お味噌汁

08:00

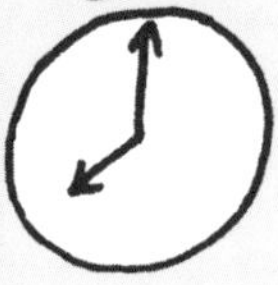

洗濯物を干す

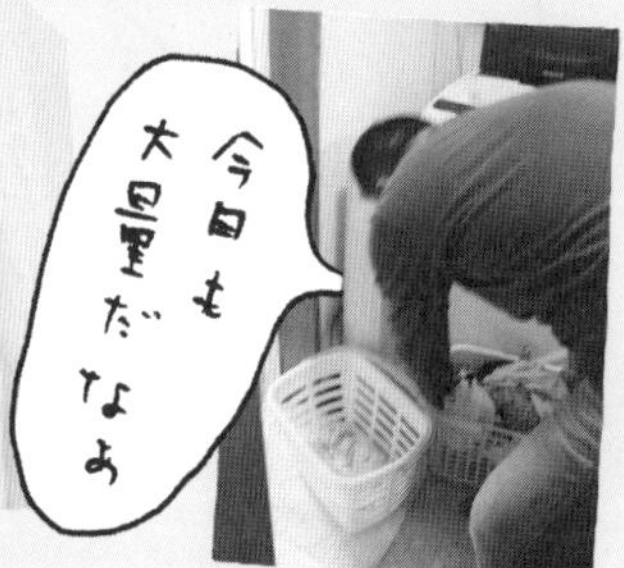

風にとばされないように洗濯バサミで固定する

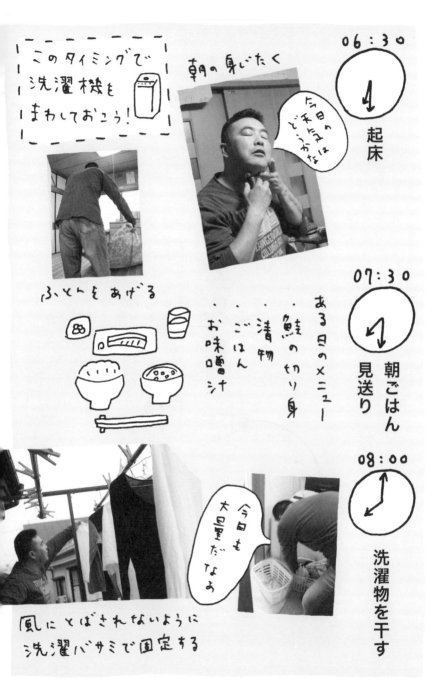

S字フックを有効活用しよう！

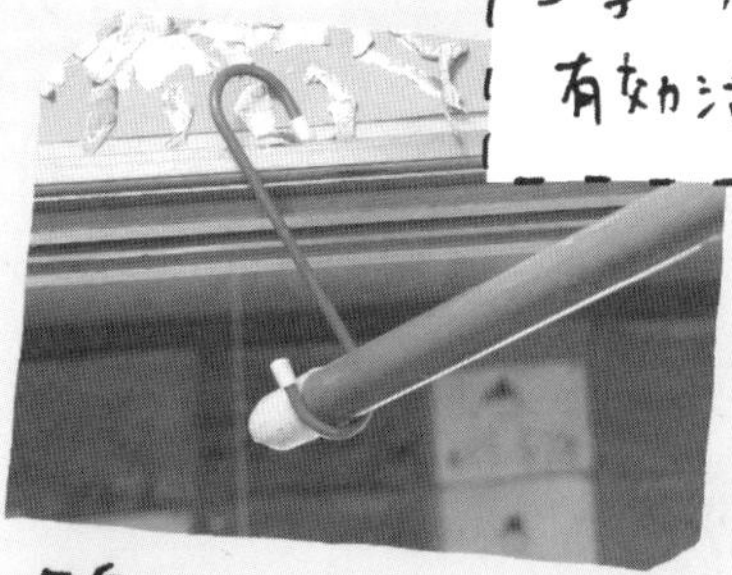

鴨居を上手に利用すれば室内でも干せる

S字フックにハンガーを集めておくと便利

こうすると生乾きになりにくい！

08:30

掃除機をかける

すみずみまでしっかりと

パソコン・テレビはホコリがたまる！

そうじ機の先端は細く

09:00

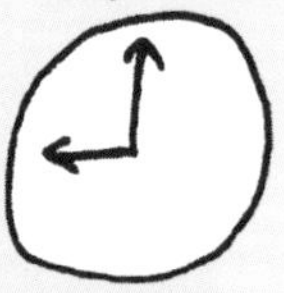

アイロンをかける

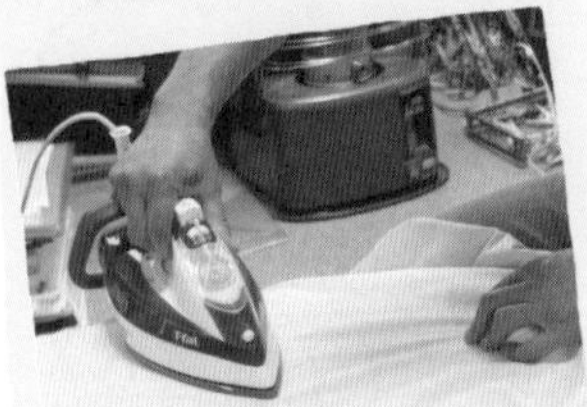

力をこめてしっかりと

ペットボトルに水を入れておくと
アイロンに注ぎやすい！

ある日の僕のお昼
やきそば

09:30
〜
11:30

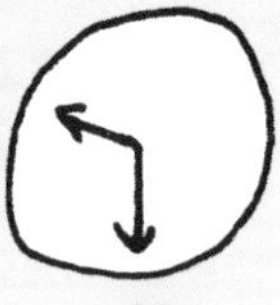

執筆開始

おじゃましますよー

できました

寒いのでおかあさんに
葛湯を作りました

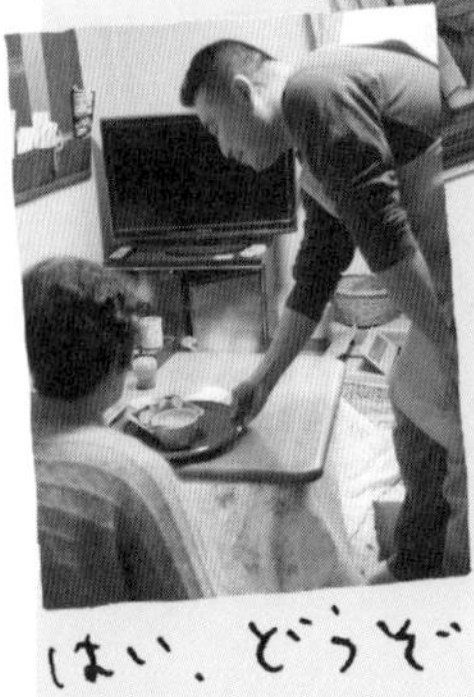

はい、どうぞ

11:30

買い物に行く

エコバッグは3袋

相棒佐川号

今日は何の魚が
入ってるかな…肉も…
帰りに本屋寄ろう…
書きかけの小説の展開
どうするかな…

外へ出ると頭が働きます

なくなりかけていた
調味料

買うものはあまり
迷いません

リンゴ！
おいしそうでしょ！

12:00

ついでに
本屋・花屋へ

自分のためだけの
時間も
大切にしよう

いつも
ありがとうございます

僕は大丈夫です

街の人とも自然な
あいさつを……。

この前買ったフリージア
ずいぶん長持ちでしたよ

あら
よかったです!

満足満足

毎年増える七夕の短冊

子供たちの描いた絵

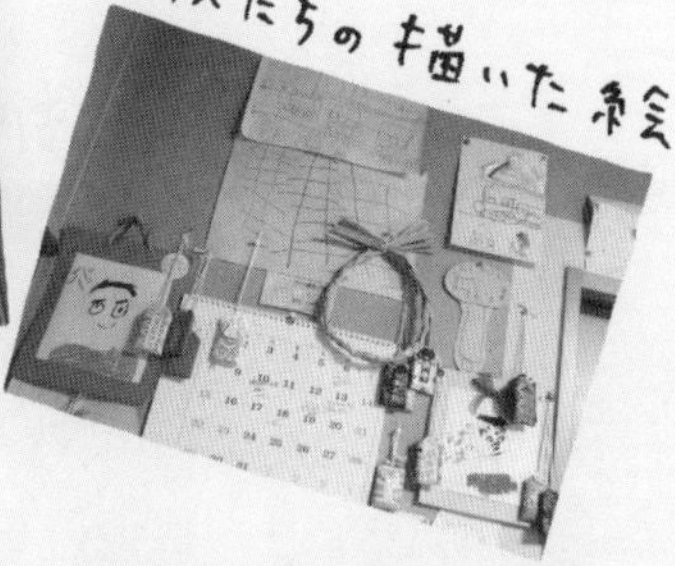

12:30

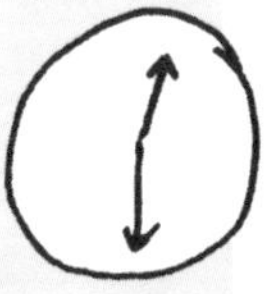

ひといき

年賀状を書いて
気分転換

少しだけ良いお茶を飲んでひといき

やるべきことを
こなしていくことは
精神的に
落ち着くのです

13:00

執筆再開

キーボードの音が部屋に響く

15:30

家事再開

完璧です

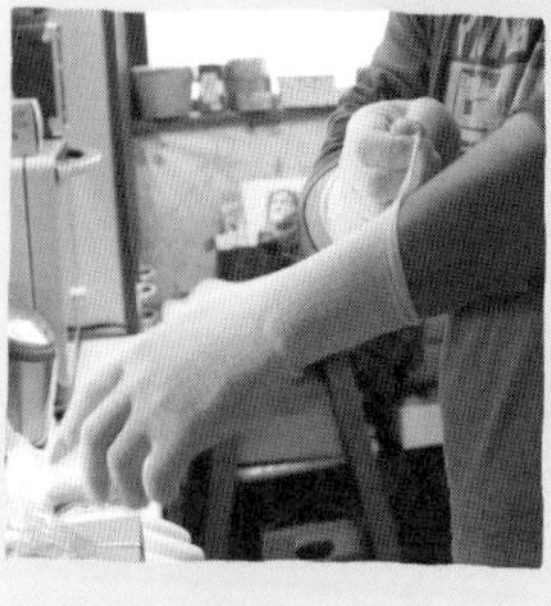

手が荒れやすければ
ゴム手袋をしよう!

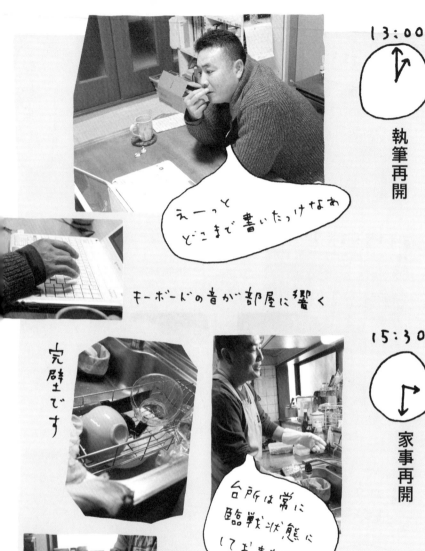

晩ごはんの下ごしらえ
洗濯物とりこみ

お米を研いでザルにあげる

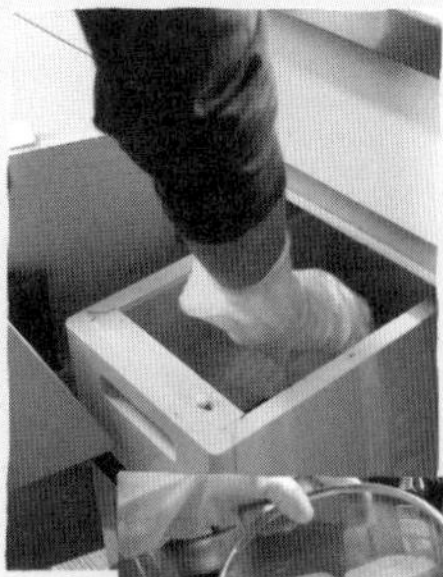

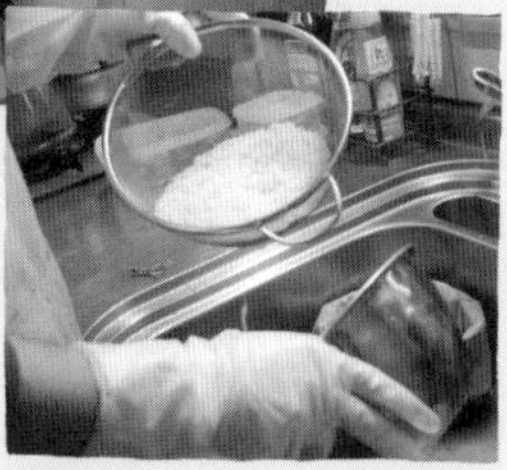

← ボールを重ねて2・3時間置いておく

お、早いなもう帰ってくるの？

上の息子から電話

ベッド整えておいてやろう

今日も家族が元気でよかったなあ

スミまできっちりと…

何か買い足すものはあったっけな

17:30

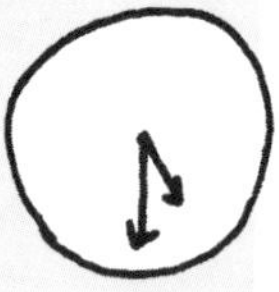

晩ごはん作り

さてとやりますか!

ゆでた野菜をタッパにいれておくとサラダ、添え物にすぐ使えます

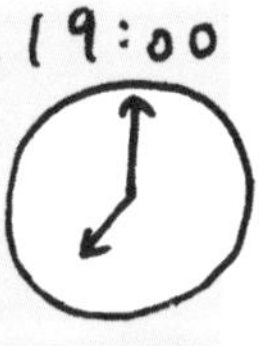

家族みんなで晩ごはん

食器洗いは奥さんにお願い

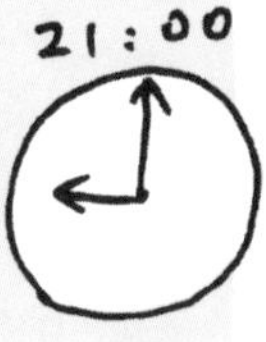

執筆再開

おまけ

くらしに彩りをくれる物たち

イライラしたときは
カツオ節をけずる

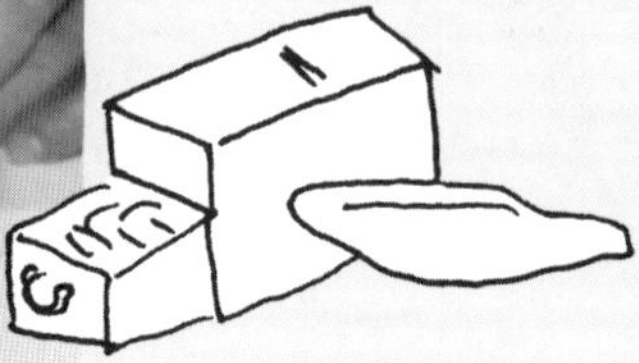

季節の花

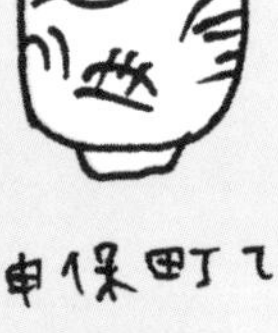

神保町で見つけた
掘り出し物の器

疲れたときは布団で読書

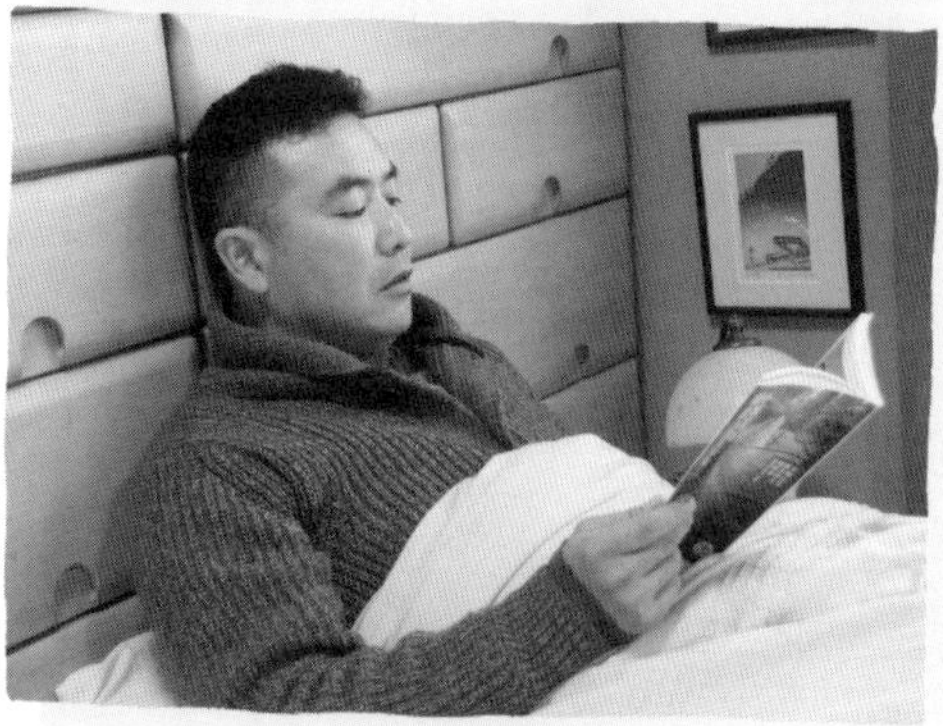

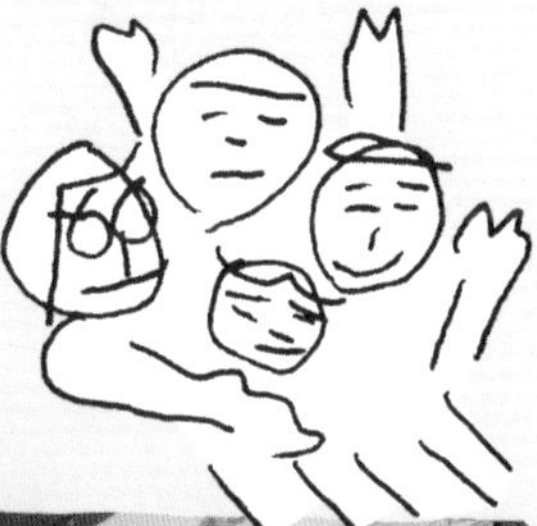

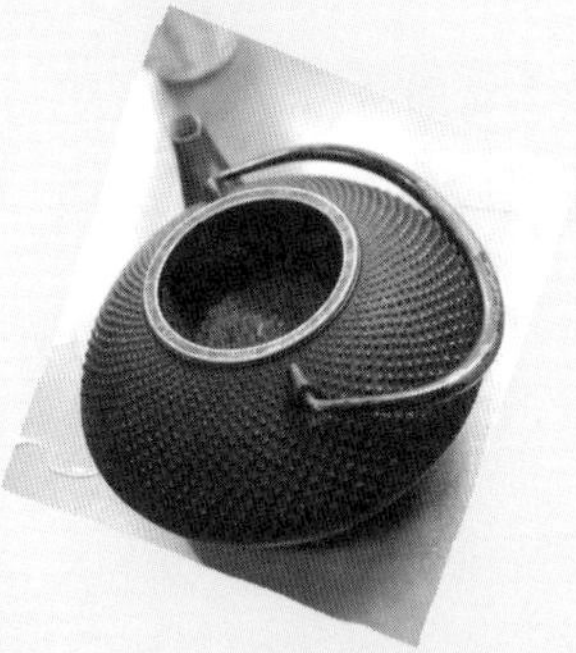

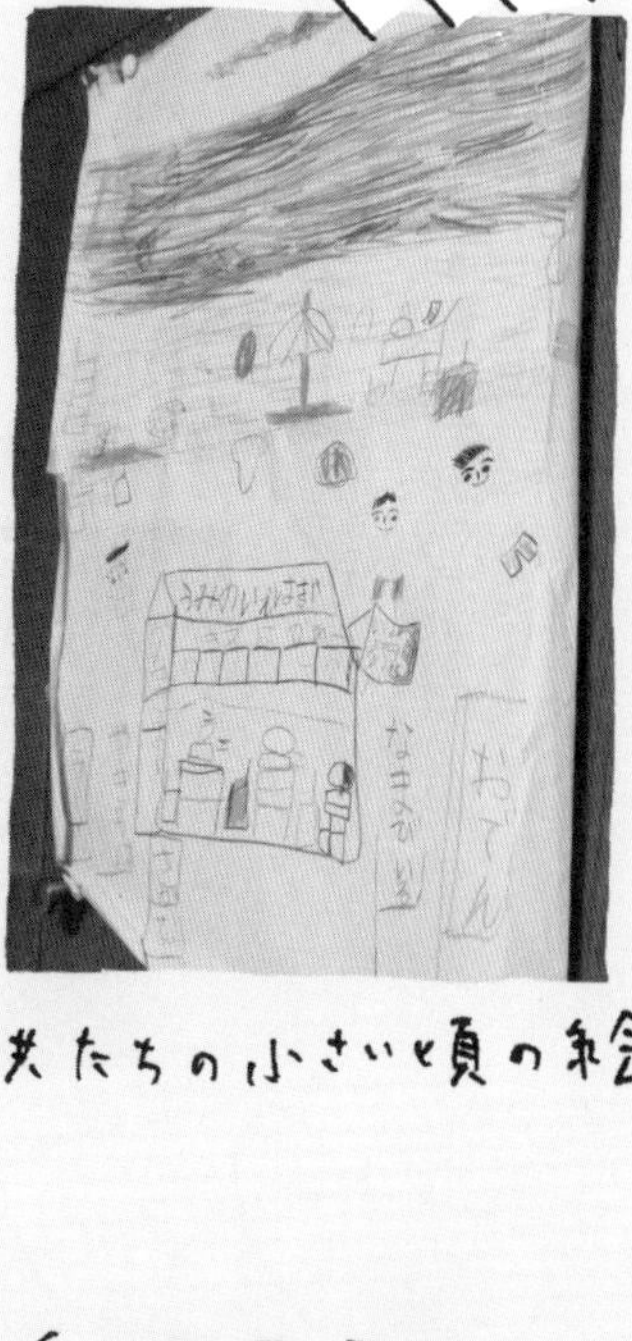

子供たちの小さい頃の絵

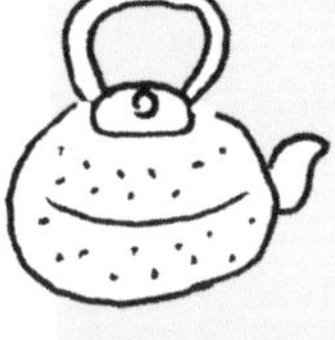

ちょっと良い
鉄の急須

熊手

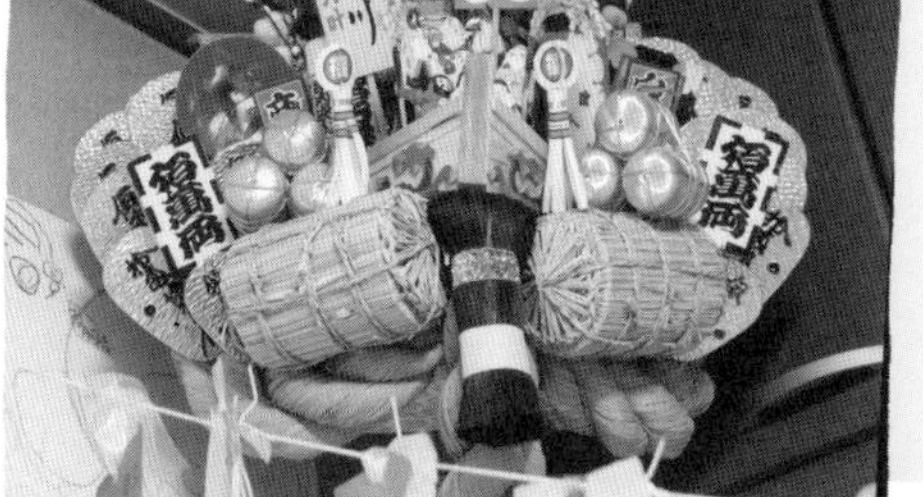

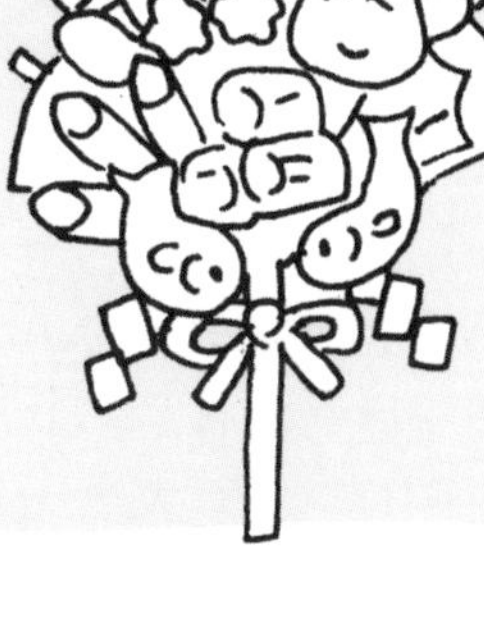

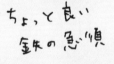

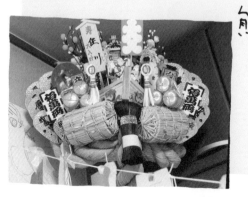

主夫の七つ道具

●ホンダカブ50cc（20年もの）

大宮の会社に通っていた頃から乗っています。今もたまに浦和までバイクで買い物に行きます。

●エプロン

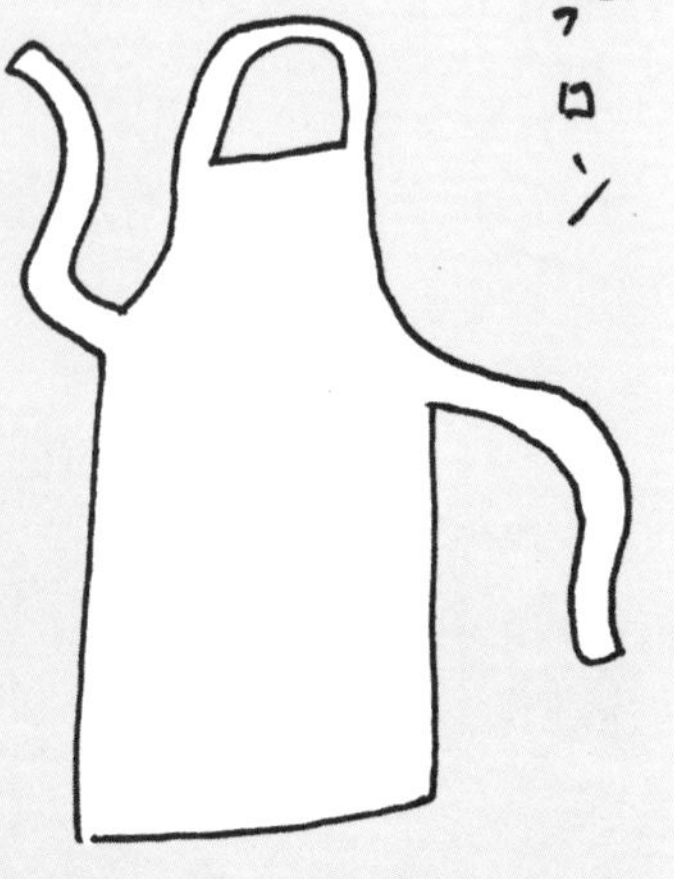

●台所用のスリッパ

カカトの高さにこだわりアリ

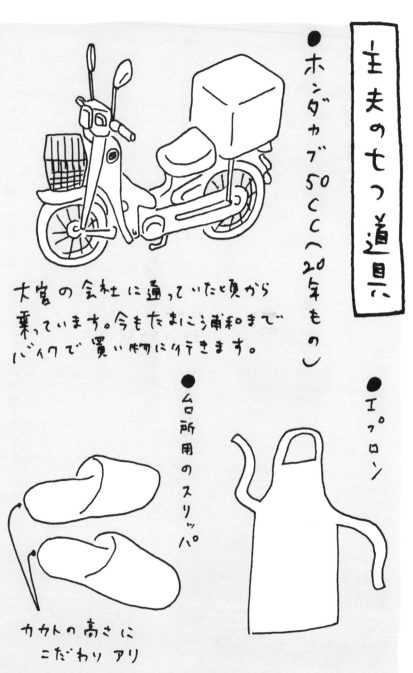

●自転車
別名「長ネギ号」

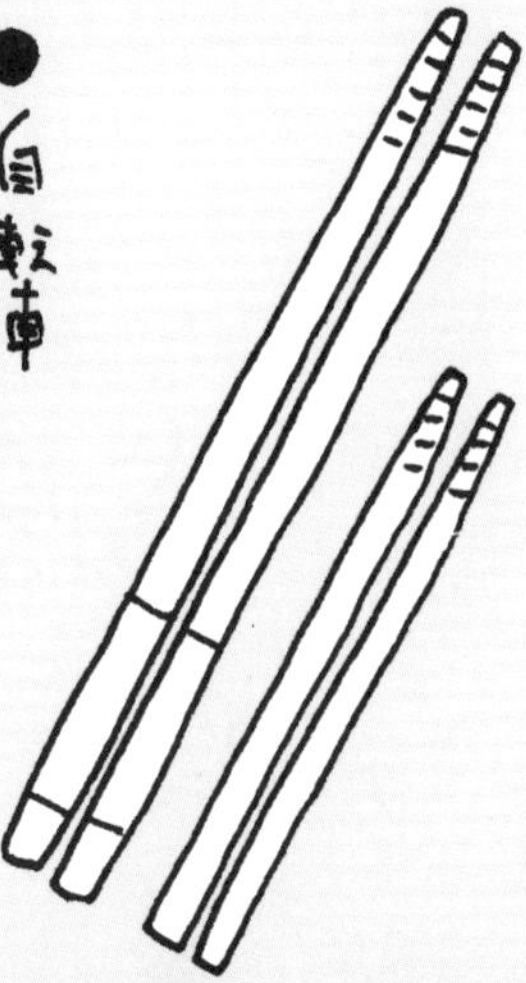

●菜箸

太くて長い木製のものと
短い竹製のもの

●包丁

菜切り包丁一本で
やっています。
包丁砥石で研ぎます。

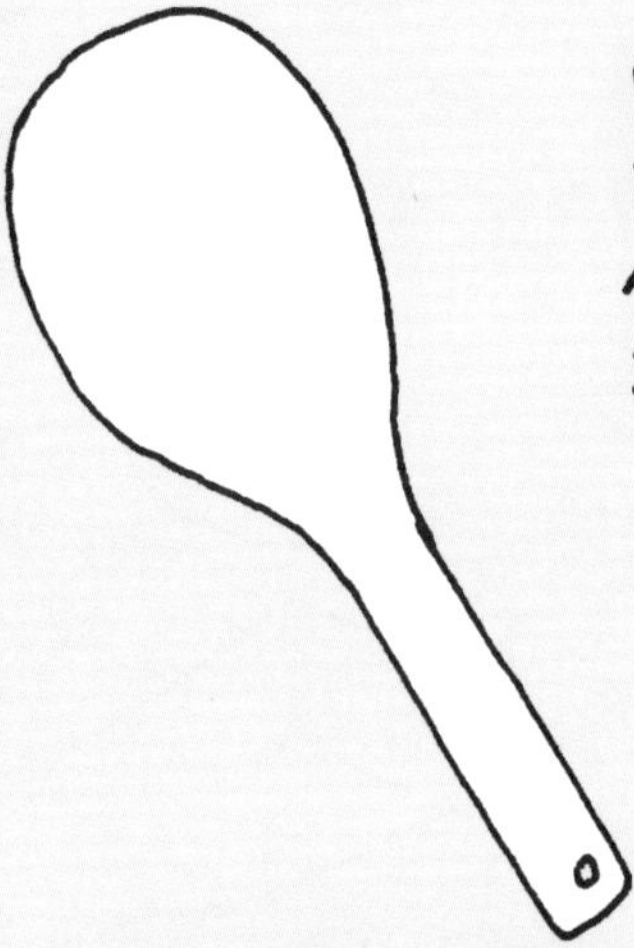

●木ベラ

20年は使っていますので、
だいぶすり減っています

ぼくが主夫になるまで

ふりかえってみると、ぼくは主夫になるべくして生きてきたようにおもえる。

ぼくには妹が三人と弟がいる。一九六五（昭和四〇）年生まれで五人きょうだいというのは、かなり珍しいはずだ。

茅ヶ崎の団地の一室は、まさに子育てに特化した空間だった。ふすまは全部取り払われているので、誰がどこにいるのかがすぐにわかる。夜は一面に布団が敷きつめられて、寝相の悪い子どもたちはごろごろ寝返りをうちながらこころよい眠りをむさぼった。

自分の部屋なんてないから、ひとりになりたいときはベランダに出た。五階建て団地の四階なので、けっこう高い。天気がいいと、右のほうに富士山や箱根の山々が見える。イライラしていた気持ちがしずまったあとも、ぼくは真下に見える芝生や遠くの山々を眺めていた。

父親は次男坊で、母親は末っ子。そのせいか、「勉強をしなさい」とか、「もっとがんばったら」といったハッパをかけられたことがない。物心つくかどうかの年ごろを、のんびり気ままにさせておいてくれたのは、本当にありがたかったとおもっている。

小学生のときは、放課後に誰となにをしてあそぶかが最大の関心事だった。せっかくドロケイがもりあがっているのに、わがままを言いだしたヤツがいて、あそびがだいなしになってしまったときの腹立たしさったらなかった。メンコでは、やってもやっても取られるばかりで、身も世もない気持ちになった。それだけに、一人で特訓をして、相手のメンコを取れるようになったときの達成感はものすごかった。

中学にあがり、初めての中間テストでさんざんな点数を取った。ぼくは長男で、塾にも行っていなかったから、中学校のテストがどういうものか、まるでわかっていなかったのだ。

サッカー部の友だちが、「佐川、テストにはコツがあるんだよ」と教えてくれた。それから注意して授業を聞いていると、「ここはテストに出ますからね。よくおぼえておいてください」と先生が言っている。

それまで、ぼくは授業を聞いて、自分なりにおもしろがったり、納得したりしていた。でも、毎日受けている授業は、中間や期末のテストで良い点を取るためにあるというのだ。

「バカにしやがって」

ぼくは無性に腹が立った。でも、コツを知ってしまった以上、それを使わない手もない。成績は上がっていき、ぼくは高校に進んだ。

高校でも、中学から始めたサッカーを続けた。当時はまだ野球の全盛期で、サッカーは野球をやらないヤツらがやるスポーツのうちの一つだった。

「おれは練習じゃあ、ヘディングをしないんだ」と公言するリーゼントの先輩もいたけれど、その人はなかなかのドリブラーで、パスにもセンスがあった。ぼくはスタミナには自信があったから、自分が奪ったボールをリーゼントの先輩にたくして攻撃を展開してもらっていた。

ところが、高校一年の途中に優秀な指導者と名高い先生がサッカー部の顧問に就任した。走りこみの量が格段に増えて、ぼくはさらにスタミナがついた。でも、ハードな練習を嫌う先輩たちが次々やめていった。軟弱といえばそれまでだし、チームはずいぶん強くなったけれど、ぼくは釈然としなかった。

いっぽう、ぼくは大学進学を機に家を出ようと決意した。北海道大学を目ざすことにしたのは、恵迪寮という札幌農学校の寄宿舎に由来する学生寮があるからだ。きょうだいが多いので、仕送りはあまり期待できない。それでも寮に入れれば、奨学金とアルバイトでどうにかやっていけそうだった。

無事に現役で合格し、ぼくは夜行列車と青函連絡船に乗って北海道に渡った。一九八三（昭和五十八）年三月末のことだ。法学部に進む文Ⅲ系に入学したのは、弁護士になるつもりでいたからだ。もっとも、じっさいは恵迪寮で暮らすために北大に入ったようなものだった。

クラーク博士といえば、札幌を去る際に学生たちに語った"Boys, be ambitious!"が有名だが、寄宿舎の規則を作ろうとする者たちに向かい、"Be gentle!"と一喝した逸話も残っている。「紳士たれ！」という一箇条さえあれば、煩雑な規則などいらないという気合いの一言だ。

クラークが札幌農学校の教頭をつとめたのは一八七六年七月から七七年五月までのわずか八ヵ月間に過ぎない。しかし、その間に培われたリベラルな精神は百年後の一九八〇年代にもまだ生きており、ぼくは日本中から集まってきた四百余名の寮生たちと組んずほぐれつの付き合いをした。寮自治会の執行委員長にもなり、寮の運営と大学当局との交渉に忙殺されて、留年の憂き目もみた。

四年目のとき、同期の仲間が大学を中退すると言いだした。演劇研究会のスターで作・演出も担っていた彼は、今後はプロの役者として活動していくという。中退するとはいえ、学生時代に鍛えた一芸をもって世の中に打って出ようとする仲間の姿に、ぼくは羨望を感じた。ぼくが大学に入ってから身につけた力といえば、恵迪寮生であることだけだったからだ。寮の自治について考えぬき、教授や事務職員たちともわたりあってきたが、それは次のステージにそのまま持ち出せる能力ではなかった。

恵迪寮は十人単位での共同生活で、年齢も出身も学部もちがう同年代の学生が寝食をともにする。個室に閉じこもることなど許されず、夜ごとに酒を酌みかわし、顔と顔を突き合わせて暮らすうちに、自分はどんな人間なのかがわかってくる。

携帯電話とインターネットが普及して、現実よりもバーチャルな世界のほうが優位に立とうとしている現在から見れば、団地でのゴチャゴチャした暮らしも、学生寮の共同生活も、時代おくれもはなはだしいだろう。今から三十年前だって、完璧に世の中の流れから外れていた。

でも、ぼくはそうした場所で育ち、鍛えられた。それなら、大学を出たあと、どこでなにをすれば納得できるのか？　沖縄の与那国島でサトウキビ刈りのアルバイトをしたり、フィリピンや中南米諸国を旅しながら、ぼくは考え続けた。

だから、大学を卒業するときに妻と結婚できたのはとてもうれしかった。不安も大きかったけれど、ともに家庭をきずいていく相棒を得た喜びのほうがずっと大きかった。牛や豚を解体する仕事についたのは、妻と結婚してから一年後のことだった。この順番は、ぼくにとっては決定的なものだ。

ぼくの妻は小学校の教員をしている。ぼくが主夫になっていったのは、彼女が家事よりも仕事に比重をおく人だったからだが、ぼくの内心の欲求でもあったのだろう。

ぼくと妻は二人の息子に恵まれた。いくらスタミナに自信があっても、育児には無限のエネルギーが必要とされる。あまりに大変で、気がおかしくなりかけたこともあったが、息子たちの成長にはげまされて、ぼくは今日まで主夫としてすごしてきた。

小説を書いてみたいとおもうようになったのは、三十歳を過ぎたころだった。妻と息子が眠ってから、ぼくは一階のテーブルで大学ノートを開き、万年筆でぎこちない文章を綴っては、それを塗りつぶした。ワープロからノートパソコンへと筆記用具は変わったが、ぼくは依然として食事用のテーブルで執筆をしている。

仕事部屋がないというよりは、家全体が仕事部屋という感覚だ。学校から帰ってきた息子は、ぼくが小説やエッセイを書いている向かいで宿題をする。息子が宿題を終えると、ぼくもパソコンを閉じて夕食の支度に取りかかる。

ぼくが作る料理を食べて息子たちは大きくなった。ぼくの努力と工夫が文字どおり彼らの血肉となったわけで、これほどうれしいことはない。いずれ息子たちの努力と工夫が誰かの血肉となるのだろう。

願わくば、どんな人たちのなかに立ちまじっても軽んじられず、かといっていばりもせず、媚びへつらわず、自分が信じた道を歩く者へと成長していってほしい。われわれ夫婦も、負けずにまだまだがんばります。

主夫のお悩み相談室

主夫の立場 編

Q1 周りの視線が気になります……。

あなた自身が不信感を与えていませんか？　**まずはご近所と挨拶をしよう。** ご近所さんがあなたを偏見の目で見ていたとしても、「こんにちは」「ありがとうございます」というなにげないことばの積み重ねが人の気持ちを変えていくとおもう。

それから、**できるだけ身ぎれいにしましょう！**　主夫はふだん家にいるから格好に気を抜いているとおもわれたら悔しいでしょ？　きちんとしていれば、周りの人も気にしなくなりますよ。ぼくは買い物をするとき、スーパーのレジで、「お願いします」と挨拶しています。代金の支払いがすんだら、「いただきます」と言って、買い物を入れたカゴを持つ。そうすれば、お店の人の「ありがとうございました」もおざなりではない挨拶として聞こえますよ。

【主夫の定義】
「（従来は主婦が行うことが多かった）家事に、中心となって従事する夫」（広辞苑より）。英語ではhousehusband, houseman, stay at home father, house maker などという。

Q2 主夫友達ができません。育児の悩みは誰にうちあければいいのでしょうか？

いなくたって大丈夫です。 子どもが一番の友人になってくれるんですから。どうしても心配なら子育てサークルに入ってみたらどうかな。

なんにせよ、育児の悩みは尽きないもの。あせらない、あせらない。主婦友達（女性）ができたときは積極的にグチの聞き役になってください。**悩みを共有すると絆になる。** 何でも話せる友人になる可能性もあります。男性の目線だからこそ助言できることもあるんじゃないかな。

Q3 古い友人に主夫をしていることを言うと気まずくなるのがつらいんです。

そんなことで気まずくなるようなやつ、友人じゃない!!

【主夫ネットワーク】
子をもつ主夫をサポートしてくれるNPO法人としてファザーリング・ジャパンがある。「父親による父親のための父親のNPO」。父親のための家事講座などを開いている。186頁で対談されている専業主夫・佐久間さんもメンバーの一人。

誰にだって調子の良いときがあれば、悪いときもある。経済的に不安定なときだってある。あなたが主夫という新たな道を選んでも、これまでどおりに付き合ってくれるのが本当の友人です。

男性中心の社会に歩調を合わせるのをやめたのだから、奇異の目で見られるのは、ある意味当たり前なんだ。だから、多少のつらさは引き受けなくてはならない。そして、そんな負い目からはいつかかならず抜け出せる。

楽しそうに話をしているおとうさんと子どもがいれば、みんな羨ましがりますよ。それでいいじゃないですか！

Q4　主夫の仕事は魅力的ですか？

主夫の仕事はかけがえがない。自分が住んでいる町の、どこにどんなお店があってこういう人がいる…と町の構成がわかるだけでとても幸せだとおもうんです。働きづめのサラリーマンは、そんな世界があることにすら気づかずに生きているのですから。

【主夫願望：独身】
独身男性の10人に1人が「結婚したら主夫になりたい」と答えている。個別にみると、20代前半で12%、20代後半で9%、30代前半で11%、30代後半で14%。（2014年にツヴァイが全国の独身者を対象にした「結婚意識調査」）

魚屋さんで「今日はどの魚がおすすめですか？　イワシが安い？　じゃあ、フライにするから三枚におろしてください」なんてやりとりは**主夫や主婦でしか味わえない人生の楽しみです。**奥さんと買い物に来ても、何もできずに仏頂面をしている旦那さんにだけはなりたくない！

Q5　周囲の好奇心・警戒心にさらされるのが嫌です。

全員と仲良くしようとおもっていませんか？　男は外で仕事、女は家で家事という世間一般の夫婦像に合わせるよりも、自分たちなりの夫婦のかたちを一生懸命作り上げるほうがずっと楽しいとおもうな。

【主夫願望：既婚】

既婚男性のほぼ3人に1人が「主夫になってよい」と答えている。「専業主夫になってもよいか？」という質問に、「そう思う（ややそう思うを含む）」と答えた既婚男性は全体で30％。一方、「男性が家事をすることはカッコイイ？」という質問に対して、既婚女性の58％が「そう思う（ややそう思うを含む）」と答えている。世代が若いほど、その傾向が強く、20代既婚女性は73％が「カッコイイ」としている。

（２００９年に家事検定実行委員会が公表した「家事力調査」（5大都市在住の20代～50代の既婚男性、既婚女性が対象））

Q6 将来が不安です。保険への加入は「専業主夫」では断られてしまいます。

公的サービスの壁ですね。**専業主婦は、自分の稼ぎで生活を立てていないという意味ではリスキー。専業主夫も同じです。**だから、**兼業主夫をおすすめします。**それなら保険に加入できる。何かの資格を取るのもいいとおもう。いざというときに働いて収入を得られるともえば少しは安心です。ちなみに、ぼくは自動車の大型免許を持っています。

Q7 親子教室や講習会などの集まりに行けません。ママと子どもを対象にしたものばかりで授乳などがあり男子禁制状態です……。

授乳ができなくても、ぼくは楽しかった！おもいきって行ってみよう。**おとうさんも保護者のうちの一人なんですから遠慮しなくていいんです。**ぼくもずいぶん色々な集まりに参加して、おか

【経済支援】
妊娠・出産・子育てにかかる費用（6歳まで）は、約442万円と高額。（こども未来財団「子育てコストに関する調査研究」（2012年度））
出産に関する経済的支援には、「妊婦健診」「出産育児一時金」「助産施設」「社会保険の保険料免除」などがある。育児休業中の経済的支援には、「育児休業給付金」「社会保険の保険料免除」「企業による経済的支援」などがある。

あさんたちとおしゃべりすることに抵抗がなくなりました。何度も参加するうちに顔見知りが増えて、いい情報交換の場になるかもしれないぞ。

Q8　幼稚園や小学校のママの集まりには参加しづらいです。行けば仲良くなれるでしょうか？

気持ちはわかるなあ。**変にはりきって場を仕切ったり、存在感を出そうとおもわないほうがいいですよ。普通にしていればいい。**おかあさんだっておとなしい人もいれば、ずーっとしゃべっている人もいるんですから。

Q9　幼稚園や保育園の先生との付き合い方はどうでしょう。

幼稚園や保育園の先生はふところの深い人が多い。小さな子ども

【父親学級】
自治体や産婦人科などが主宰する、夫婦参加型の講習会がある。おむつの変え方、沐浴の仕方、首がすわらないうちの抱っこの仕方から、産後の女性のからだの悩みや心のケア方法まで、幅広い内容を学べる。産後の夫婦のすれ違いをなくし、協力して子育てに臨む準備をしよう。（参考：ホームページ「アイナロハの出張父親学級」、東京都看護協会「両親学級」、ホームページ「プレママタウン」）

がいる家庭は、まだまだ親の経験が浅いし、夫婦のかたちが未完成で不安定なことが多いとおもう。だから、親の相談事のバリエーションも豊富なので先生方も器量が大きくならざるをえなかったのかも。懇談会のあとなんか、園長先生に相談の行列がずらーっとできていたよ（笑）。

これが小学校になると、親たちも要領を得てくるので逆に先生たちを見定めるようになるんだ。ぼくは先生たちのことを長い目で見守ってあげる気持ちが大切だとおもう。だって、**いい先生が一人育てば、その先生が何百人、何千人のいい生徒を育ててくれるんですから。**

Q10 自分の自由な時間はどう取っていますか。もうくたくたです。

夫婦で交替に自由時間をとろう。「二時間くらいデパートをのんびり一周しておいでよ」と休日の昼間奥さんに時間を作ってあげるといいですよ。奥さんが晴れやかな顔で帰ってきたら、翌週は自分の番です。そんなとき夫婦はお互いの存在のありがたみをかみしめるもんです。

Q11　「休日」はいつですか？　休める日がなくて、息がつまってしまいます。

ぼくの場合は、お正月が休日です。お雑煮だけは妻が作ってくれます。だけど基本的におとうさんとおかあさんに「休日」はないですよ。**慣れてくれば、ほんのちょっとしたタイミングでもこころの休息を取れようになるんだ。**画集を開いて感動したり、旬の魚を食べて「おいしいなあ」と実感したり、萌え出てきた草花に春の訪れを感じたり。子どもとゆっくり昼寝したりね。

【主夫の人口】
２００５年に「仕事に就いておらず家事をしている」専業主夫は約２万１千人だったのが、２０１０年には約６万人と増えている。２００５年に「家事ほかの仕事をしている」兼業主夫は約３万人、２０１０年で約２万９千人と、ほぼ横ばい。（国勢調査）

Q12　義母とのつきあいがなんだかギクシャクしています。やはり主夫の立場は弱いのでしょうか。

お義母さんのほうも戸惑っているのかもしれないですね。だけど根本的には、同じく家庭を支えている立場なので仲良くやってい

けるはずです。**気長に気長に、つかず離れずでがんばってみましょう。**

自分から手料理を差し入れたりすると話しやすくなるんじゃないかな。ぼくのお姑さんは、ぼくが作った料理を喜んで食べてくれます。

Q13 主夫をやってきて一番よかったことはなんですか？　主夫の最終形態はあるのでしょうか。

料理がうまくなる。掃除がうまくなる。家のことがとてもよくわかる。子どもと仲良くなる。子どもの友だちとも仲良くなれる。新しい能力がどんどん身についていくわけで、**つまりいいことだらけ!!　たぶん、一生ボケずにすみます（笑）。**

Q14 子どもはいませんが主夫をしたいというのはわがままでしょうか。

【主夫スター】 ジョン・レノンは、1975年にオノ・ヨーコとの間に息子ショーンが生まれると、翌年音楽活動を休止し、料理を作り、ショーンの世話をした。料理は小麦粉を練ってパンを焼くなど本格的だった。代わりにヨーコがビジネスの世界で活動するようになる。「パンの作り方をおぼえて、ほんとに興奮したよ」とレノンはインタビューに答えている（『ジョン・レノン ラスト・インタビュー』池澤夏樹訳、中公文庫）。↙

何を遠慮しているんです？　**カッコいい主夫になろうぜ。**

Q15 『男のプライド』が邪魔をして、いまさら役割交替ができません。

主夫だって、輝けるんです！　ほんとうのプライドは家事をしたくらいでこわれてしまうものではないはずです。料理をしたいとか、子育てをしたいという気持ちは人間として正しい要求だとおもう。

昔は、働く女の人は「旦那さんの稼ぎがないから働いているのかな」とおもわれました。だけど今は、働く女性を見てもそうはおもわないでしょ。それと同じで、男の人だって家事をする。それだけのことだとおもいます。「家事は大変なこと」という考えがあるなら、それを妻に押しつけている時点でもうプライドは崩れている！　**体力のある男のほうが家事も仕事も引き受けるくらいのプライドを持とうぜ。**

子育て中、レノン一家はたびたび来日した。レノンは主夫というライフスタイルを世に広めた。ちなみにレノンが主夫をする前年1975年に、マイク・マグレディ著『主夫と生活』がアメリカでベストセラーになっていた。著者は新聞コラムニストで、40歳のときに新聞社を退職し主夫生活をしたときの体験記が本書。第一日目、晩飯を作り妻から家計費をもらって「この百ドルは俺が今まで一番楽に稼いだ百ドルであった」とユーモラスに書く。2014年にアノニマ・スタジオから伊丹十三訳が復刊された。

Q16 ビジネスキャリアをはずれることにやはり不安があります。

このご時世、ビジネスキャリアほど危なっかしいものはありません。その点、**家事は、手につける職としては最高だとおもうけどなあ。**つねに誰かに必要とされて、一生感謝されるんですから。

ぼくは、「社会で出世したい」という欲求は持ちあわせていないようです。むしろ、**社会の仕組みにすり寄っていくほうが自分を傷つけてしまう気がしていたので、主夫になって本当によかったとおもっています。**

Q17 専業主婦としての仕事はむくわれないことが多い気がします。主夫も同じですよね。

えっ！　こんなにむくわれる仕事はないのに？　子どもの成長を真近で見られるし、朝起きてから夜寝るまでの一日の変化を、ぞんぶんに味わうことができる。人間として幸せだなあとおもう。

【男性の育児休業】
2013年4月、安倍晋三政権は「女性の活躍推進」を成長戦略の柱の一つとし、男性の育児休業取得率を2020年までに13％まで引き上げるとした。日本における男性の育休取得率は2％と、他の先進諸国にくらべて極めて低い数字が出ている。なお女性は76％。（「平成25年度雇用均等基本調査」）

【育休をすすめる企業】
男性の育休取得率企業ランキングは、1位　日本生命保険（100％、平均5日）、2位　ユニリーバ・ジャパン（75％、平均4日）、3位　花王（38％、平均9.2日）、4位　学研ホールディングス（35％、3.9日）、5位　キリン（32％、6日）。（週刊朝日2014年9月5日号）

Q18

昼間の番組やラジオが、主婦向けすぎて退屈です……。

本を読もう！ CDを聴こう！ うちの次男は、ぼくと一緒にキンクスやニール・ヤングを聴いてくれます。それから遠藤賢司や篠田昌已の『東京チンドン』も。

Q19

主夫は、普段どんなことを考えているのですか？ 気になります。

まずは天気。 晴れて風があるなら、タオルケットやシーツも洗濯できるし、敷布団も干せるものね。**それから子どもの健康。夕食のメニュー。**

【洗濯のコツ】
布団干しは、前日が雨でなかった日の10時から14時が最適。洗濯物がかさなってしまうと生乾きになるので注意！ 靴下は、つま先が下にくるように洗濯バサミにはさむと長持ちする。ジーパンはポケットを出し、逆さまに吊るすと縮まない。

Q20 将来は主夫になりたいのですが、何か準備したほうがよいことはありますか？

まず、フルタイムで仕事をし続けたいとおもっている女性と知り合いになりましょう。「ぼくは主夫になりたいんだ！」といきなり宣言するよりも、共働きをしながら二人の家庭を成り立たせていくことが大切です。そのなかで買い物や料理や洗濯をすすんでしていく。

わが家の場合、妻が料理に無頓着だったので、ぼくが手を出していかざるをえませんでした。最初は、りんごの皮をむいたのだとおもいます。包丁を使う妻の手つきがあまりに怪しくて、皮に実がごそっとついているのを見て、いてもたってもいられなくなったのでした。

主夫になるタイミングは、やはり妊娠・出産ではないでしょうか。奥さんが出産後もフルタイムで働きたいということであれば、そこで自分が主夫として育児と家事を引き受けてもいいと持ちかけてみるというのが、現実的な展開だとおもいます。

家庭は夫婦が協力し合って徐々に築いていくものです。**何事もあまり用意**

【大学生の主夫意識】
結婚後の働き方について大学生に調査を行った結果、「共働きで家事、育児などは夫婦で分担する」と回答した人の割合が65.2％で、男女とも最も多い。次に多いのが「夫のみが働き、妻が家事・育児などに専念する」の19.3％と大きく差が開いた。（「ワーク・ライフ・バランスに関する大学生調査結果」2010年）

周到に進めようとせずに、相手の足りない部分をおぎなっていくうちに気がついたら主夫になっていたというのがいいのではないでしょうか。

Q21　兼業主夫は一日二十四時間じゃ足りません！

一日は二十四時間よりも増えます。ぼくの仕事は小説を書くことです。執筆は、ゆったりした気持ちでなければできません。じゅうぶんに子どもや妻と話をして、家事も終わってから、やっと書けるようになります。自分の時間が削られている気もしますが、そうじゃないんだ。

ぼくが洗濯した服を着て、ぼくが作ったご飯を食べて育った子どもたちが、学校で活躍している時間はぼくの時間でもあるんです。家事によって、自分の時間を削られる削られないという考えは、世間一般の時間の尺度だ。そういうものにとらわれないために、主夫の道を選んだんじゃないかな？　**カレンダーや時計の刻みとは違う流れの時間に生きよう！**

【時間の使い方】
家事の段取りで困った時は、講習会に行くのもよい。友の会が主催する「家事家計講習会」では、1日の使いかた、お金の管理方法を学べ、「生活講習会」では掃除、洗濯の実習なども行っている。

夫婦関係 編

Q22 妻が家事のつらさを理解してくれません……。

許せん。だけど家事はそもそも楽しいことだ。家事はどうしたって家族のために必要な労働です。それを任されることはとても喜ばしい。買い物も無駄なく「できる」、料理も美味しく「作れる」、洗濯物も手ぎわよくきれいに「干せる」。**家事ができるというのは、ひとつの優れた能力です。**

ぼくの妻なんて「こんなんじゃ乾かないよ……」とおもうようなぞんざいな洗濯物の干し方をいまだにしていますからね(笑)。**なにについてであれ、適格に判断し、スムーズに動けるのは美徳なんです。**

Q23 夫婦共働きでお手伝いさんを雇おうとは考えましたか?

【江戸時代の主夫】
江戸時代には、男性が家事・育児にかかわることはごく当たり前だった。江戸時代末期の桑名藩の武士、渡辺勝之助の日記には約10年間の育児奮闘記が書き記されている。日記には、「赤ん坊のおしめを変え、おんぶしてあやし、離乳食も作って与えたこと」、「子どもが歩けるようになると一緒に散歩にでかけたり、ホタル狩りやキノコ狩りやドジョウすくい、山菜採りに連れて行ったこと」、「宿直の日弁当を届けに来た子どもと一緒に泊まったこと」、「朝一番に起きてかまどに火を入れ、洗濯をし、買い物に行き、風呂に水を汲んだこと」などが詳細に書かれた。(『桑名日記』、『柏崎日記』)

それはもったいない！　自分でできることや出会える人が減ってしまうじゃありませんか。ぼくは物書きなので、**人や物にふれあう機会をなるべく減らしたくないとおもっています。**そういうわけで、お手伝いさんは雇っていません。

Q24 妻のほうが稼ぎがあり、引け目を感じてしまいます。

こればかりはどうにもならない（笑）。仕方がないと割り切りましょう。だけど、ぼくは妻よりも収入が少ないおかげで、世の主婦たちもこうした引け目を感じつつ家事にいそしんでいるのかと想像できるようになった。そして、**「誰が稼いだ金で生活しているとおもってるんだ！」といったことをほざく男性をますます嫌いになりました。**

【主夫の副業】
翻訳家、ライター、ホームページ管理、通信講座添削など在宅でできるものが人気だ。もちろん育休や短時間勤務を利用して会社員を続ける選択肢もある。

Q25 奥さんが働いて、自分は家にいることをご両親は納得してくれましたか？

どこまで納得してくれているかはわかりません。でも、**ぼくが主夫をすることで家庭がうまく回っていることを一番大事におもってくれているようです。**

Q26 飲みに行ったりできるのは妻の気持ち次第です……。

まずは妻を飲みに行かせて、そのあとで自分も行こう。妻が職場の飲み会に行くときも、できるだけ気持ちよく送り出しましょう（笑）。

いつか気兼ねなく飲みに行けるときが来たら、それは子どもたちが立派に成長したという証拠。まさに勝利の美酒で、このうえなくおいしいお酒になるでしょう。

Q 27 妻と家事の分担でもめました。

いまの企業が労働者に要求する価値観をもったまま、夫婦のどちらが家事をやるかとか、周囲の眼が気になるとか家事がつらいという話になると、そりゃあ大変にきまっています。

仕事と家庭の充実を別々に考えているうちはいつまでたっても上手くいきません。ぼくの若いころは、労働時間を短くしていくというのが社会の大きなテーマだった。あれはどこに行ってしまったんだろう？　今は、いかにライバル企業に勝つかということばかり世の中にあふれている気がする。

企業は労働者を早く家に帰してあげてほしい。そうして**男性も女性も家庭にハマっていくことで、結果的に企業人としてもかならず良い変化があるとおもうんだ。**

自分が住んでいる場所にたくさんかかわれる生き方をしたい。なるべく仕事時間は短くしたい。そうおもっている人はたくさんいるはずです。**企業の論理を、そのまま家庭に持ち込むなんてナンセンス。**まして、そのせいで夫婦がいがみ合うなんて、あまりにバカげている。

【主夫経験による家庭への影響】
夫の家事・育児時間がいちにち２時間未満の家庭にくらべ、６時間以上の家庭は第２子以降の出生割合は約２倍になっている。（厚生労働省第９回成年者縦断調査、平成２０１１年）

【主夫経験による企業への影響】
管理職から見た職員の育休取得による職場への影響の内容には、「各人がライフスタイルや働き方について見直すきっかけになった」（29％）、「子育て経験により仕事の能率を高めた」（6.6％）、「職場の結束力が高まった」（18.4％）などが報告された。（こども未来財団「父親の育児に関する調査研究―育児休業取得について」）

Q28

妻が、〝自分優先のわがままな人間〟とみられるのが悔しいです。

つまらない考えに惑わされるな!!　働く女性はみんなわがままですか?　ちがうでしょう(笑)。できるだけ他人の意見に左右されずに生きよう。それぞれが自らの責任で生き方を選んでいるのだから、傍の人が良い悪いを判定すべきではない。

【男女の役割意識】「夫は仕事、妻は家庭」という概念をどう思うかという意識調査では、64%が反対と答えた。(国立社会保障・人口問題研究所「出生動向基本調査」2010年)

家事・育児 編

Q29

たまには手抜き料理をしたいのですが、妻が許してくれません。

毎日しっかり作るのは大変です。**ほどほどに手抜きをしましょう。**そして、たまにはごちそうを食べにいこう。そうすれば手抜きも許してくれるんじゃないかな。

【佐川流料理の魔法】「流しをできるだけ綺麗にしておこう。キッチンが綺麗だと料理が作りたくなります。これは本当です」

しかし、こんな事をいう妻はケシカランな。ご飯抜きだ（笑）。

Q30

毎日献立を考えるのが面倒です。

自分が食べたいものを作ればいいんです！ 子どものリクエストに応えながら。豚肉のしょうが焼きやオムライスといった定番メニューだって、うんと美味しく作れる日もあれば、そうでない日もある。ちょっとした工夫で味がアップしたときの嬉しさったらありません。そうやってモチベーションを保ってみよう。

Q31

料理が絶望的に苦手な場合、どうすればいいでしょう…。

絶望しないでください。簡単な料理から始めましょう。 まずはお味噌汁が作れるようになれば、なんでも作れるようになります。

【佐川流手抜き料理】
「食事の支度に疲れたときは、カレーライスやハヤシライスを作ろう。翌朝も温めればいいだけなので、とても楽です。カレーはだし汁で割ってカレーうどんにもできる」

【お味噌汁は突破口】
かつお節、昆布、煮干しなどでだしを取れるようになると、和食料理の幅がぐんと広がります。

Q32 子どもの相手に疲れたときの気分転換はなんですか？

ぼくの場合は小説の執筆です。それから、**花屋さんでチューリップを2、3本買ったり、ちょっと良いお茶を飲む。甘いものを食べる。**忙しくても、買い物の途中にふと空を見上げたり、子どもに折ってあげている折り紙の色がとてもきれいに見えたり……ささいなことで人間の気分はずいぶん変わる気がする。

Q33 子どもから「なぜおとうさんは他のおとうさんと違うの？」と質問が……。いい納得のさせ方はありますか？

あえて説明しなくても大丈夫。楽しく家事をしていれば、おとうさんが家にいたって子どもは気にしないとおもうな。**子どもは、いつも自分のそばにいてくれる大人を一番大切におもってくれます。**子どもが一番柔軟なんだ。

【季節の花】
花は、観賞用のみならず、お客さんが来たときにもちょっとした歓迎になる。お気に入りの花を見つけてみよう。
●春に買える花…チューリップ、ガーベラ、カーネーション、ルピナス、金魚草、パンジー、忘れな草、ヒヤシンス、桜草など。
●夏に買える花…ラベンダー、ジャスミン、インパチェンス、あじさい、ひまわり、ブーゲンビレア、サルビア、ハイビスカス、ランタナ、花菖蒲、桔梗、アンスリウムなど。
●秋に買える花…金木犀、コスモス、菊、女郎花、リンドウ、吾亦紅、柊など。
●冬に買える花…梅、山茶花、シクラメン、水仙、クリスマスローズ、ポインセチアなど。

Q34

家事や育児で腰痛になってしまいました。

ぼくもです…。

Q35

子どもが小さいころはどんな遊びをしましたか？

お話をよく聞かせました。それから、自転車の補助椅子に乗せて町の中をよく一緒に散歩したなあ。同じ風景を見ていても、子どものほうがずっと新鮮に反応する。「あれは線路だ」とか「あれは横断信号だ」とか。子どもの頭のなかで世界がどんどん組み立てられていくのを見るのが面白かった。八百屋さんで買った長ネギを前カゴにさして、「帰りは〝長ネギ〟号だ」と言って全速力でこいだこともあったなあ。

それから、**なぞなぞとしりとり。**これは大人にとっても頭の体操として最適です。その時々の子どもの成長段階に応じたなぞなぞを出すのは指南の業ですよ。あと、愉快な言葉でしりとりを続けていくのも、かなりの能力を求

【佐川流あそび】

「ぼくの父は、寝る前に〝当てるお話〟をしてくれました。これは、父が有名な童話やおとぎ話の設定を一部変えた話をしていって、子どもたちが元のお話を当てるというもの。『おかあさんが八百屋さんに行って、大根を選んでいると、中に1本、光っている大根がありました』『わかった！　かぐや姫！』といった具合で、たわいもないのですが、とても楽しかった」

められます。以前温泉宿で息子を相手に、おもいつくままにお話を語っていったら、おしまいまで話しきれたので驚いたことがあります。

Q36 「ママがいいー!!」と子どもからの号泣が……。子どもはママを恋しがるのでは?

やがて「パパがいいー!!」と号泣するようになるでしょう(笑)。

子どもにとっては、男性でも女性でも家にいてくれるほうが〝おかあさん〟です。わが家では、子どもが風邪で熱を出したときも、妻は仕事を休めないので、ぼくが看病します。すると子どもにとって**「いざとなるとき自分にいちばん時間を割いてくれる人はおとうさんだ」という信頼が生まれるんだ。**結局、妻の立場がなくなっていくばかりなんだけどね(笑)。

Q37 育児ノイローゼを感じたときは、どうすればいいでしょうか？

五分でも十分でも一人で自由にできる時間を作ってください。保育園でも、ベビーシッターでも、奥さんに休みを取ってもらうでもいいです。**気が晴れるまで少し子どもから離れてみよう。**無理をしてがんばってしまうのが一番こわいですよ。

Q38 母乳が出ないのはやはり不利でしょうか。

不利!! だけど、男親は体力があるので、長時間抱っこしていられます。**それは有利。**

【育児うつ】
どんなに有能な人でも、育児中はこれまでに体験したことのない困難にぶつかるもの。育児うつを予防する心構えには、以下のようなものがある。
①子どもの目の前の行動に苛立たず、なぜそうするのか子どもの心情を考える。
②他人と自分の状況を比べないこと。育児は千種万様である。
③完璧な育児にこだわらない。

Q39

母性本能ならぬ父性本能ってあるとおもいますか？

どうでしょう、わからない（笑）。だけど、**ずうっと家事をしているとだんだん女の人のようになってくる感じはある。**自分のした細かいことに気づいてほしくなるんだよなあ。「部屋の掃除したんだけどわかる？」とか「これおいしいでしょ？」とついつい妻に訊いてしまう。

Q40

男性の育休取得についてどうおもいますか？

どんどん取るべし！ ふだんもなるべく早く帰って、子どもと家で過ごす時間を増やそう。**子どもの成長を見逃すのはもったいない。**

Q41

主夫になってやめたこと・はじめたことはありますか？

【世界の主夫】
アメリカ：1980年代から2014年までに「専業主夫」の数は約2倍増加。早くから女性の社会進出が進んでいたため、女性が一家の大黒柱になることに違和感を持ちにくい？　保育料が高額なため、主婦もまた増加傾向にある。

映画館で映画を観られなくなりました。あと、芝居も。どうしても長時間は留守にできません。その代わり、**家で音楽を聴くようになりました。それから、画集を開くことも増えました。**

子どもは、自分が楽しいとおもっているオモチャや絵本を、親にも楽しいとおもってほしいわけです。ですから、**親としては、子どもに付き合いつつも、じぶんが好きなものも混ぜていく。**電車の本と一緒に週刊ベースボールを置いていたりね。**小学三、四年生になったら、動物園や遊園地ばかりでなく美術館にも連れて行く。**本物のゾウも大きいけれど、鐵斎《てっさい》が描く山々の深さにも、子どもはちゃんと驚きます。

Q42

子育てで父親ならではのできることは何かありますか？

一緒に野球やサッカーができる！ そういう意味ではうちの子どもは男の子で良かった。女の子だったらものすごく大変だったかもしれない……。

イギリス：専業主夫の人口が非常に高い。男性の失業率が高いことに由来するようだ。女性の3人に1人は家計を支えているというデータもある。

北欧：女性の就業率が88％に達するスウェーデンでは、1970年代から男性の育児参加を促進してきた。男性の育休取得率はなんと90％近く、女性が国の重要な労働力であることがわかる。

韓国：大学生の男女を対象にしたアンケートで「男性も専業主夫として生活できる」との回答が70％に達した。うち男子学生の59・2％が「実際に主夫になってもよい」と答えた。（ソウル総合ニュース、2011年）

Q43　子どもとどんなコミュニケーションを取りましたか？　はじめての子育てで、わからないことだらけです。

四六時中一緒にいました。そうすると、子どもが今できることがわかるから、それよりもちょっと難しいことをぼくがしてみせると、子どもは自分もやってみようとがんばる。そのくりかえしです。

でも、がんばってばかりだとくたびれるから、一緒に眠って、一緒にお風呂に入って、同じお話を毎日してあげて。いつの間にか信頼関係が築かれる。信頼関係の中から文化は生まれるのだから、**子育てはまさに文化の伝承そのものです。主夫や主婦以上の文化の担い手はいない、間違いなく。**

Q44　子どもがぐうたらしてばかりで将来が不安です。どう言えばやる気を出すでしょう？

可愛い子にはぐうたらさせよ！

【子どもと遊ぼう】
1～2歳の子どもとできる遊びには、たかいたかい、飛行機ぶーん、お馬さん、毛布ブランコ、くすぐり遊び、手遊び（アルプスいちまんじゃく、せっせっせなど）、いないいないばあ、にらめっこ、シャボン玉、風船とばし、押すと飛び出るオモチャ、ミラーリング（子どもの動作を真似すること）などがある。
手順は、
①子どもが興味を持つよう親が何回か試す。
②親が少し待つ。
③反応を観察する。
①～③を何度か繰り返し、笑顔が増えたり、声を出したり、人を見ることが増えた場合は、その遊びが気に入った可能性が高いそうだ。（国立精神・神経医療研究センターHP）

嫌でもがんばらなくてはならないときは来ます。小学3、4年生ぐらいまでは、圧倒的にのんびりした時間を過ごさせよう。ぼんやり自分の人生がどうなってゆくのかを考えているだけでいい。あまりにゲームばかりしていれば「他の頭の使い方もおぼえなよ」とは言いますけどね。

子どものころにたっぷり休み、学生のころは好きなことをしてさんざん親に心配かけた経験が、大人になって効いてきます。自分が親になったときに、「今度は自分が子どもの世話をする番だ」と受け入れることができる。

Q45

でもやっぱりぐうたらしすぎている気がします。

それでも心配でしたら、**親が何かに一生懸命な姿を見せましょう。**子どもも自然とやる気を出しますよ。はりきって家事をしよう！

Q46 つい子どもに「勉強しなさい」や「あれしなさいこれしなさい」と口うるさくなってしまい、反省します。

自分が言われて嫌なことは子どもに言わないほうがいい。ぼくだって「料理しなさい」と言われたらイラッとします。「今からやろうとおもっていたのに」って(笑)。

Q47 子どもにどんなことを願いますか?

「何をおいても、これをしなければ気がすまないんだ」とおもえるものと出会うことが人生の幸せだとおもう。それには「勉強しろ」なんて言葉はなんの役にも立たない。中途半端に好きなものと出会うくらいなら、出会わなくてもいいとすらおもう。

だから、出来が良い子は危険なんだ。勉強やスポーツが得意な子は、つい自分のほうが世の中の期待に合わせてしまうことがある。それは大変なロス

【主夫関連マンガ】

◉よしながふみ『きのう何たべた?』
弁護士のシロさんと美容師のケンジのゲイカップルのほのぼのとした日常を描く。主夫役(?)のシロさんが作る料理が絶品で、そのレシピは主夫的知恵が満載。参考にしたい?

◉こうの史代『さんさん録』
妻に先立たれた参平に遺された1冊の分厚いノート「奥田家の記録」には、亡き妻が長年記した生活の知恵がたくさん。参平は息子家族と同居し、主夫として第2の人生をスタートさせる。家事の豆知識や、家族への愛情のかけかたも参考になる。

になりかねない。**色々な誘惑をなんとか乗り切って、本当に使うべきタイミングで自分の全力を出しきってほしい。**究極の望みだな。

Q48　効果的な子どもの褒め方はありますか？

「ここがこうよかった」と具体的にことばにしてみよう。よく見ていてちゃんと褒めてあげることが大切だ。たとえばサッカーが得意だからサッカー少年団に入れればそれでいいというものではない。だって、チームに入ったら、ライバルだらけだからね。

だから、家では「君が一番だ」と満足させてあげることが大事なんだな。

「すごいね」「じょうずだね」「いい子だね」をたっぷり浴びた子は、自然と他の子を認めるようになるもんです。**まずは褒めちぎっていい気分にさせよう！　褒められることに飢えてない子どもは、「ぼくよりあの子のほうがすごいや！」と素直に言えるんだ。**

◉ムーチョ『シュフ。ボクは男らしい専業「主夫」になる』
カリスマ主夫ブロガーによるエッセイ漫画。「男は外で仕事をするもの」というプライドはそこまでして守るべき者なのか？　専業主夫として悩んだり、試行錯誤する毎日を描く。

◉杉山錠士・アベナオミ『新ニッポンの父ちゃん　専業主夫ですが、なにか？』
デザイナーの妻を持つ放送作家のジョーくんは、新米主夫。かつての同期の活躍、周囲のママからのアウェイ感、妻との関係に悩む日々だが、ある日「主夫」という肩書をあえて武器にすることを決める。「子どもがケンカをしたときは？」「家事は10分以内のものと10分以上のものに分ける」などコラムも実践的。

Q49

効果的な子どもの叱り方はありますか？

悪いことをした瞬間に、悪いことをした事実だけを叱る。**「あなたはそもそも駄目なのよ」のような人格否定をしてはいけない。**子どもが傷つくだけで何も生みませんから。

Q50

子どもがどういう就職先に決まるか心配です。親の立場からアドバイスできることはありますか。

えっ？　気が早いなあ(笑)。大学卒業後、屠畜場で働き、作家になったという少々変わった経歴のぼくには何もアドバイスできることはありません(笑)。

主夫のつぶやき

晩ごはんは、何がいい？

四月になり、いよいよ新年度の始まりである。わが家では長男が高校に進学し、次男は小学二年生になった。八つ違いの兄弟で、弟が生まれたのはお兄ちゃんが小二のときだったから、サイクルが一巡したかっこうである。そうなると、今年は三人目の誕生が期待されるが、小学校教員の妻はすでに四十九歳なので、残念ながら、懐妊の可能性は薄いと言わざるをえない。

わたしは小説書きをなりわいにしている。デビューは三十五歳と遅く、今年で十一年目。妻より三つ下の四十六歳。「主夫のつぶやき」というタイトルのとおり、主夫として家事全般を引き受けながら執筆にはげんでいる。掃除、洗濯はもちろん、毎日の夕食もわたしが作る。「今日の晩ごはんは何がいいでしょう？」というのが朝食のときのお決まりの質問で、カレーライス、麻婆豆腐、肉じゃが、オムライス等々、どんな注文にもこたえてみせる。

先日、打ち合わせにみえた本紙の女性記者に、「お料理は、学生のころからされていたんですか？」と訊かれた。「いいえ、結婚してからです」というのがわたしの答えで、新婚時代に、妻とわたしのどちらが家庭むきかを熟考した結果、夫であるわたしが家事をするほうが物事がスムーズに運ぶことがわかったからだ。このあたりの事情については、おいおいふれていきたいとおもう。

そういった次第で、目下の懸案は高校生になった息子のタイムスケジュールである。電車通学で片道四十分ほどかかるうえに、文武両道の進学校なので部活もきつい。帰宅は午後八時を過ぎるだろうから、それに連れて、わたしの夜の執筆時間もうしろにずれることになる。作家という職業柄、時間に融通が利くのはありがたいが、家族に合わせてばかりというのも、なかなかつらいものではあるのである。

二〇一一年四月五日

※「主夫のつぶやき」は、二〇一一年から二〇一三年まで北海道新聞朝刊に連載されたコラムです（掲載は隔週の火曜日）。収録に際して、語句や用字を一部改めました。

見守れる親になりたい

始業式の日、家に帰ってきた小二の息子が新しいクラスのことを話してくれた。まずは友だちからで、一年生のときに仲の良かった男の子とまた一緒のクラスになれたと喜んでいる。それはなによりだけれど、担任の先生は誰なのかとたずねても、息子は友だちが四つのクラスにどう分かれたかについてばかり話し、わたしはかなりヤキモキした。

去年は入学式があったので、最初からどんな人が担任かわかっていた。しかし、今年は四月下旬の授業参観まで先生にはお目にかかれない。そのぶん子どもから学校の様子をくわしく聞くことになり、しばらくは想像上の先生を信頼して毎日を過ごすわけだ。男親であるわたしには、よからぬうわさを吹き込んでくる知り合いもなく、〝のん気〟なかまえを崩さずにいられるのがありがたい。

われわれは子育てにおいて初めて、見守るという立場におかれる。これまでは自分が主人公だったのに、親になると、舞台袖で気をもむしかない。

その場合に大切なのは、親の目線で先生や友だちを批判しないことだとおもう。まして、それを子どもに言い聞かせるなど論外だ。しかし、言うは易く行うは難しで、つい相手のことを悪く考えては、自分の器量の狭さをおもい知らされている。

大人になったら何になりたいかと子どものころによく質問された。二人の息子を持つ父親として答えるなら、子ども自身の目に映る世界によけいな色づけをしない大人でいたい。そうはいっても心配は尽きず、自分もこうして両親に気をもませてきたのかと、「子を持って知る親の恩」という格言をかみしめる日々である。

二〇一一年四月十九日

妻の世話を焼くはめに……

わたしは二十四歳で結婚した。大学には現役で合格したが、留年と休学を一年ずつしたので卒業までに六年かかった。十八歳で北海道に渡り、二十四歳で本州に戻るときには三歳上の妻を伴っていたわけで、こう書くといかにも男前のようである。もっとも妻の母は、娘がだまして連れてきたのではないかと心配したそうで、それほどわたしは頼りなく見えたのだろう。

就職こそ決まっていたものの、二十四歳では世の中のことなど何もわからない。文字どおり、妻と共に人生のスタートラインに立ったので、以来二十二年、二人でよくやってきたとおもう。

北大では恵迪寮で暮らしていて、身のまわりのことは自分でやっていた。そのせいもあり、わたしは妻に世話を焼いてもらおうとはおもわなかった。また、わたしが稼いだお金で彼女に裕福な暮らしをさせてやりたいともおもっていなかった。それなら、何のために彼女と結婚したのか？

新居である浦和（現・さいたま市）のアパートで、わたしは一日《いちじつ》とくと考えて、力一杯生きていけそうだからだと結論した。二人で協力して子どもを育てながら、それぞれが社会において仕事もする。男は外で働き、女は家を守ると頭から決めてしまわずに、臨機応変に生活を営みたい。

まことに殊勝な心がけで、これまで夫婦のあいだには深刻な危機もなく、わたしも錦を飾るようにしてこのコラムを書かせてもらっている。

ただ一つ気になるのはいつの間にかわたしが妻の世話を焼くはめにおちいっていることで、「だまして連れてきた」という妻の母の指摘は当たっていたのではないかと、今にして慧眼《けいがん》に驚いています。

二〇一一年五月三日

心がサラサラになる深夜の拭き掃除

四ヵ月程、ああでもないこうでもないと悪戦苦闘してきた小説『おかえり、Mr.バットマン』がようやく書き上がった。まだ、そうとう手を加えなければならないが、骨格はできあがり、なるほどこういう物語になったかと、わたしは不思議な気持ちでいる。

主人公は四十八歳の翻訳家、三歳上の妻は中学校の教頭。一人息子が大学進学を機に家を出てからというもの、長年主夫をつとめてきた夫は妻との二人暮らしに嫌気がさし、別居する計画を立てていたところに悪友が訪ねてきて…。

熟年離婚においては、妻が夫に三行半《みくだりはん》をたたきつけるのが一般的というのとは正反対の設定を考えて、あとは野となれ山となれと書き進めてきた。どことなくわが家と似ているのがミソで、アナザーワールドを作って、おもう存分に妄想を働かせてみたわけである。

絵空事とはいえ、作者の切なる願いが込められていなければ小説は動き出してくれない。その意味では、われわれ夫婦の近未来を占う小説であり、喜劇仕立てとはいえども、遊び半分ではすまされない。書き上げたあとはまさに精根尽き果てて、しばらく立ち上がれなかった。

小説家＝無頼というイメージはいまでも維持されているようだが、主夫としてのつとめもあり、わたしはぶらりと夜の街に出かけたりはしない。

それでも気分を一新しないと次の仕事に取りかかれないため、わたしは妻と子どもたちが眠ってから拭き掃除を始めた。洗面所の床がべたついていたので、洗剤をまいてスポンジでこする。最後にボロ布で拭き取ると、さっきまでとは打って変わったサラサラ感で、わたしは上機嫌で書評のための本を読み出した。これでは別居など夢のまた夢である。

二〇一一年五月十七日

失敗談をしよう

「この家では、おとうさんに文句を言ってもいいんだね」

発言の主は、小二の息子の友だちユウジ君。土曜日の午前中に遊びに来て、わたしと三人で庭でサッカーをした。中学高校と部活動にはげんだので、わたしはそこそこサッカーがうまい。一人対二人でも余裕しゃくしゃくで、あとから反撃させてやるつもりでポンポンとゴールを決めた。

「くそじじい。見てろ、コテンパンにやっつけてやるからな！」小二の息子が啖呵を切って、さあ試合再開となったとき、ユウジ君が感極まったようにつぶやいた。

「そうか、ユウジ君の家ではおとうさんに文句を言っちゃいけないんだ」とわたしが訊くと、くりくり坊主の男の子が口をとがらせて頷いた。

「じゃあ、今日はおじさんに毒突いていきなよ。おかあさんに言いつけたりしないから」

ユウジ君は笑いながら聞いていたが、やはり遠慮があるようで、わたしを罵りはしなかった。

この話を男性編集者にしたところ、「それはウチでもさせません」との返事だった。しかも子どもに注意してばかりで、すっかり嫌われているという。「それなら失敗談をするといいよ」というのがわたしのアドバイスで、読者のみなさまにもおすすめしたい。

親は子どもにあなどられまいとしてついエラぶってしまうが、大人は子どもが打たれ強くなった状態に過ぎない。その秘密を明かすのが失敗談で、これを乗り越えて今のおとうさんがあるのだと、笑いもまじえて伝えられる。

わたしの十八番《おはこ》はうわばきのまま学校から帰ってきたことで、ユウジ君にも大ウケだった。みなさまもぜひお試しください。

二〇一一年五月三日

子を持つことのありがたさ

われわれ夫婦は不妊症だった。結婚から四年たっても妻が妊娠せず、産婦人科医院で検査を受けたところ、わたしの精子減少症が判明した。乏《ぼう》精子症とも言われるが、精子の密度が不足しているために、普通に性交をしていたのでは妊娠しない。ただし精子自体に異常はなく、採取した精子を排卵日に合わせて子宮内に送り込んでやればいい。

人工授精と呼ぶのもはばかられる簡単な操作だが、検査結果を告げられたあとは、なんとも心許ない気持ちになったのをおぼえている。男子のコケンにかかわるというと大げさだが、自分の存在が希薄になったような感覚がしばらく続いた。

しかし、人工授精が始まれば大変なのは妻のほうだった。月に何度も通院し、しかも自らに訪れる生理によって人工授精の失敗を知らされるのである。妻の負担と悲しみをおもうにつけ、男とは実に気楽なものだと、わたしは情けない気持ちになった。

不妊治療は二年におよび、最後は不思議な偶然によって妻は妊娠した。結婚七年目のことで、わたしはただただうれしかった。

　有島武郎は「子を持って知る親の恩」という格言を受けて、「子を持って知る子の恩」が本当ではないかと書いた。つまり自分が親になってみて、子どもとはこんなにもありがたい存在なのかがわかったというのである。

　わが家の長男も高校一年生になり、遠からず親元を離れていくのかとおもうと、誇らしくもさみしい気持ちにおそわれる。長年主夫をつとめてきたせいか、わたしはわれながら母性的な感情にひたるときがあり、「地位が人をつくる」とはこのことかと驚いている。

二〇一一年六月十四日

小説を書き始めた理由

わたしはいまでこそ文筆をなりわいにしているが、自分が作家になるとは夢にもおもわなかった。中学高校とサッカー部で、ボールを追ってグラウンドを駆けまわり、勉強にもまじめに取り組む。大学生になってからは、いかに生きるべきかについて人並みに悩み、小説も読んだが、あくまで生きるうえでの参考にするためだった。

実生活において発生した問題は、実生活の中で解決すればいい。ささいな行き違いをいちいち小説に書いたりせずに、不平不満は腹におさめて暮らしていくのが大人というものではないだろうか。

それならどうして小説を書こうとおもったのかといえば、不妊症で子どもができないという現実は、いかに努力しても解決しようがなかったからだ。わたしは実生活の外にフィクションを創り、小説の力によって自分たち夫婦を救おうと考えたのである。

デビュー作「生活の設計」は屠畜場《とちくじょう》での労働を描いた小説だが、不妊症をテーマにした第二作『ジャムの空壜《びん》』こそ、わたしが最初に取り組んだ小説だった。

約一割のカップルが不妊状態にあり、その原因は男女半々だといわれている。治療技術は日進月歩だが、自分に原因があったらどうしようと考えて検査に二の足を踏むのは人情である。

実際『ジャムの空壜』が刊行されたあと、年配の男性編集者に、「ぼくもきみと似た症状だったんだろうなあ」と言われた。「しかし医者には行かなかった」と続ける相手に、わたしは「どうしてですか？」とは訊ねられなかった。

二〇一一年七月五日

趣味は育児

わたしには、これといった趣味がない。映画を年に五十本ほど観ていた時期もあるが、今年はまだ一度も映画館に行っていない。アルバイトも苦手で、学生時代はとにかく安あがりに暮らしていた。さらに言えば、恋愛も厄介だと感じていて、ほれたはれたであたふたするよりも、結婚という確たる関係の中で愛情を育みたいと願いつつ、現在に至っている。

そうした次第なので、子どもにくっつかれていると安心する。不妊症という困難を乗り越えて授かったこともあり、長男が幼いころ、わたしは家にいるあいだは片時も息子のかたわらを離れなかった。しかし子どもは成長し、やがて親の庇護の外へと出てゆく。

長男が小学生になったとき、中学から高校へと進んでゆけば、それに応じて暇になるのだとわたしは想像した。また映画館に通うか、英会話をやるか、謡曲でも習うか。それぞれ有意義であり、創作にも役立ちそうだが、いまひとつ気が乗らない。

そんなある日、妻から話があると言われた。いつになく緊張した面持ちに何事かと不安になったが、妊娠したと聞くなりわたしは小おどりした。実は、上の子も人工授精を休んでいたあいだにできたので、いつかまた僥倖《ぎょうこう》が訪れないものかと、わたしはひそかに期待していた。

妻は出産時には四十二歳になるとあって、年齢的な心配をしていたが、自分は一人っ子だったので、子どもが二人になるのはうれしいと言った。わたしが考えていたのは、これで暇を持てあまさずにすむということだった。

以来七年が過ぎ、わたしは依然として無趣味のまま、家事と育児に追われている。それでも作家かと罵られそうだが、実直に暮らしていても小説は書けるのだと、内なる闘志を燃やしてもいるのである。

二〇一一年七月十九日

震災から半年が過ぎて

先日、講演の依頼にみえた同年輩の男性と拙宅でおしゃべりをした。自己紹介がてら不妊症だったと明かすと、彼のほうはできちゃった婚だったという。

「そのせいか子どもは重荷でね。佐川さんのように心からかわいがれなかった」と打ち明けられて、それぞれ悩みはあるものだと苦笑しながら、われわれはさらに話し続けた。

別の日に来訪した女性記者からは、不妊治療を受けているが夫は積極的でなく、以前の恋人と結婚していればもっと早く母親になれたのにとグチをこぼされて、さすがに相づちが打てず、気まずい雰囲気になった。

根が楽天的なせいか、わたしは自分の人生について、こうしていたら良かったという後悔はない。ただし、あのときああしていたらどうなっただろうと想像することはあり、それが創作の動機にもなっている小説もある。

高校生のとき、サッカー部の顧問から、望んだとおりのパスなんて三割も来ない。おもいがけずこぼれてきたボールにどう対処するかのほうが大切だと教えられた。人生においても、自分の期待したとおりになることなどわずかであり、にもかかわらず素早く的確な判断を求められる状況は次々に訪れる。そのうえ、軽い気持ちでした選択が人生を狂わせてしまうことさえあるのだから、とかくこの世はままならぬと溜息を吐きつつ、われわれは毎日をやり過ごしていくしかないわけだ。

しかしながら、そうした日常こそが尊く、ありがたいものであることを、われわれは震災によって気づかされたのだとおもう。三月十一日から半年が過ぎても、復興は遅々として進んでいない。ご遺族の悲しみをおもうと、胸がふさがる。せめて亡くなれた方々のご冥福を祈りたい。

二〇一一年八月二日

子どもはのん気に過ごしてほしい

わたしは両親や祖父母にかわいがられて育ったせいか、子どものころは、相手の態度に皮肉や悪意を感じ取るとそれだけで悲しくなり、よく泣きべそをかいていた。そのため息子たちに対してもきわめて過保護であり、なにかにつけて気を配っている。

「おとうさん、もう少しきびしく育てませんか」と見かねた保育士さんに忠告されたときには、「妻のハードルはさらに低く設定されているので、息子のハードルだけを上げるわけにはいきません」と屁理屈をこねて、その場をかわした。

三年前にハイキングに行ったときは、当時四歳だった次男の求めにしたがい、まずは肩車で歩き出した。すると同行していた友人から、自分の足で歩かせなければダメだと真顔で注意された。しかし、そのまま五分も肩車をしていると、息子は自分から降りると言って、往復五キロほどの山道を歩きとおした。

親との関係が安定していれば、子どもは成長するにつれて自ら困難に身を投じるようになるとわたしは信じている。反対に、強制された試練ほど人をダメにするものはないと考えてもいる。

大人になってからつくづくおもうのは、子どものころは実にのん気にしていたということで、息子たちにもその気分を味わわせてやりたくて、わたしは日夜家事と仕事に奮闘しているのである。

夏休みのあいだは、二人とも普段にも増して気楽に過ごしており、蓄えられたのん気さを糧にして、彼らが将来どんな困難に立ち向かっていくのか。どうか幸福であってほしいと、早くも期待と不安が入り混じり、われながら親馬鹿だと呆れています。

叱るべきときは叱ろう

子どもを叱るたびに心底くたびれる。叱らずにすむならどんなに楽かとおもうのだが、親である以上、そこをあやふやにするわけにはいかない。

わたしが怒るのは、息子たちがなめた口をきいたときが多い。

「おい、今なんて言った」と問い詰めて、「ふざけるな、何様のつもりだ」と正面から叱り飛ばす。息子たちもよけいなことを言ったとわかっているので、涙をぽろぽろ流し、「ごめんなさい」とあやまってくる。

高校一年の長男が六歳のときだったが、わたしはかつてなく激しい叱り方をした。友人同士であれば絶交につながりかねないほど怒り、息子は泣きながら二階に行った。わたしはどうなることかと心配になったが、作りかけていた夕食を仕上げて、テーブルに料理を並べていった。「できたぞ」と呼ぶと、息子は黙って階段を降りてきた。そして何事もなかったかのようにご飯を食べだしたので、わたしは安心しつつも驚いた。息子の態度は、たしかに自分は叱られは

したが、この家の子どもであることに変わりはないと主張しているようだった。なるほどそうだとわたしも納得して、これからもしっかり料理を作ろうと決意を新たにした。
　叱れない親が多いと聞くが、子どもの回復力は実に見事なものである。また、子どもを叱ることで自分がなにを許せないとおもっているのかも確認できる。血圧が上がるのは玉にキズだし、心底くたびれるが、叱るべきときに叱れるように、一緒にがんばっていきましょう。

二〇一一年八月三十日

ワガママの効用

わたしは長男で、もの心がついたときには妹が二人いた。小学一年生で三人目の妹が生まれ、さらに中学一年生で弟が生まれて、われわれは五人きょうだいになった。

お兄ちゃんという立場であり、わたしはいばっていた。ぶったり蹴ったりはしないが、やたらと命令する。なにをするにも自分が先で、妹たちはあと。それでいて、外ではまるきり弱っちい。

「ミツハルは内弁慶だから」と母に言われても、十八歳で家を出るまでわたしはずっといばっていた。ところが、わたしがいなくなると、今度は妹たちが順番にいばりだしたという。「ミサ専制時代、ミホ専制時代と来て、今はクウちゃんの専制時代だね」と父はあきれ顔で言ったが、人の成長にはワガママな時期も必要なのだと納得している口ぶりだった。

知ったかぶりも、子どもに特有の示威行為である。うちの息子たちもわたしや妻を相手にさんざんいばったり、自慢しながら大きくなってきた。親として心得ておくべきは、いちいち目くじらを立てないことで、気長に子どもの話を聞いていれば、いずれは落ち着いてくると、例によってわたしは楽観している。

わたしの妹弟もいまでは全員が結婚して、五家族で十一人の子どもたちが育っている。それぞれ反抗期に悩まされているようだけれど、かつては自分もいばっていたという反省が、親らしい寛容な態度につながっているのではないだろうか。願わくば、その寛容さが次の代にも受け継がれますように。

二〇一一年九月十三日

家にいる者が「母」

〈家にいる者が母である〉

これはわたしが編み出したテーゼで、家庭においては、男だ女だとお互いの相違にこだわるよりも、夫婦どちらもが〈母〉として、家事と子育てに精を出せばいいというほどの意味である。

もはや共働きは当たり前となったが、「男のオレがどうして買い物を」といった不満を感じている男性は少なくないのではないだろうか。かく言うわたしもそうした偏見を完全に払拭しているわけではない。

しかし、主夫としての暮らしも十年を超えると、料理、洗濯、掃除のいずれも達人の域で、たまに妻がしているのを見ると手際の悪さにイライラする。子どものほうでも、忙しいおかあさんよりは一緒にいる時間の長いおとうさんになじみ、「あれ、いたの」と母親に言う始末である。

つまり、先のテーゼには、産んだからといって〈母〉だとは限らないぞ、という妻への対抗心も込められているわけだ。

それに文化の伝承においては、祖父→母→息子→孫娘とたがい違いに受け継がれていく場合も多々ある。その伝でいけば、妻が母のようには家事や育児をしてくれないと嘆くよりも、母をよく知る自分が主夫になるほうが、物事がスムーズに運ぶのではないだろうか。そして、性別にとらわれずに家族のために尽くす父親の姿から子どもたちが多くを学んでゆく。

われながら、物わかりのいいことばかり述べてしまったが、すべては妻との生活を穏便にこなすための方便であることは、どうか理解してください。

二〇一一年九月二十七日

妻が探し当ててくれたから

十月十六日で妻が五十歳になった。区切りの年齢であり、わたしは心から祝福しているのに、妻はショックのほうが大きいようである。

わたしは二月八日生まれの四十六歳で、妻との年の差は四つと三つを行ったり来たりする。結婚したときは二十七歳と二十四歳であり、わたしは彼女をかなり年上におもっていた。〈年上の女房は金《かね》の草鞋《わらじ》を履いてでも探せ〉というが、われわれの場合は、わたしが暮らしていた北大の恵迪寮に、テント芝居の役者をしていた彼女が仲間たちと共に宣伝をしにやって来て知り合った。つまり、妻が年下の夫を探し当てたのであり、出会い方からして性別が逆転していたわけだ。

フルタイムで働く女性にとって、主夫をしてくれる男性はよほど得難い存在らしく、妻は同僚の教員たちからうらやましがられている。わたしも調子に乗って、当コラムで仕事中心の生活を送る妻をからかっているが、夫婦は相身《あいみ》たがいである。作家の収入は極めて不安定であり、妻が定職に就いているからこそ、書きたい小説を書いていられることは、わたしも重々わかっている。

「あなたはよく佐川君のような人と結婚したね。普通、女の人は、こういう男とは結婚しない！」とわたしをよく知る年配の男性は、妻を紹介したときに、開口一番言い放った。

彼の言うところの「こういう男」が、いかなる性質を意味しているのか、わたしにはわからない。ただ、「こういう男」でも二児の父親となり、作家になれたのは、妻が探し当ててくれたからだと、わたしは感謝している。今後とも、おたがい健康に気をつけて、仲良く暮らしていきましょう。

二〇一一年十月十八日

妻の実家で暮らしています

わたしと妻はスピード婚である。一九八八年の四月末に出会い、十一月半ばに結婚の約束をした。わたしは北大の学生で、妻は埼玉県志木市の実家にいたため、その間四回しか会っていない。当然プロフィルについてもくわしくはなく、志木という地名も彼女から聞いて初めて知った。

年末年始を札幌で一緒に過ごし、開通したばかりの青函トンネルを抜けて、夜行列車で上野駅に着いたのは一月四日の早朝だった。

「少し大きな家なんだけど」と妻に言われたのは実家の手前まで来たときで、木々に囲まれた日本家屋は本当に立派だった。一人娘だと聞いていたため、彼女の両親と挨拶をかわしながら、わたしは自分たちでよそに家を建てるよりも、子どもが生まれたら志木で同居するほうがいいだろうと、ぼんやり考えていた。

七年後に念願の長男が誕生し、以来十六年をわたしは妻の実家で暮らしている。妻の父は地元の小中学校で校長をつとめていたため、「ケンゾー先生」と言えば近所一帯で知らぬ人はい

ない。つまりわたしは「ケンゾー先生の娘のノリちゃんの旦那さん」として日々の生活を送っているわけだ。

作家は居食《いぐ》いで、おまけに主夫でもあり、わたしは母屋の奥に建てられた裏の家に終日いて、執筆に割くのと同じくらいの時間を家事と子どもの相手に費やしている。

小説家＝個性的というのは神話である。そうではなくて、自分が個性的でなくてもかまわないと心底納得したところから表現が始まるのではないかと、わたしは考えている。

二〇一一年十一月一日

牛とナイフに導かれ

わたしは二十四歳で大学を卒業するのと同時に結婚した。東京・御茶ノ水にある小出版社に就職したが、一年後には社長と編集長を相手にケンカをやらかして退社をよぎなくされた。失意の中で、考えに考え抜いたあげく、二十五歳のわたしは家畜の解体をなりわいにすることに決めて、以後十年間、ナイフを握り、牛の皮を剥いていた。

屠畜場の門をくぐったときの気持ちをあえてひとことで言えば、身体を使って精根尽きるまで働きたかった。期待にたがわず仕事はきつく、ナイフで指を切るのはしょっちゅうだったが、わたしは少しずつ牛を解体する技術を身につけていった。

いまでもありがたいとおもっているのは、妻や妻の両親がわたしの選択に口を挟まないでくれたことだ。おかげでわたしは、おもわぬ方向に進み始めた自分の人生に全力を注ぐことができた。牛とナイフがわたしをどこに導いていくのかはわからなかったが、わたしはその結果を受け入れる覚悟は持っていた。

小説を書いてみたいとおもうようになったのは、牛の仕事に就いて五年が過ぎたころだった。ただし、個人的な記録として残せれば十分で、自分が作家になるとは夢にもおもっていなかった。

息子たちが将来どんな仕事に就くにしても、わたしはよけいな口だけは挟むまいとキモに銘じている。わたしの時間が、わたしの中でしかたっていかなかったように、息子たちの時間も彼らの中でしかたっていかないからだ。

二人の息子たちは、それぞれ何に導かれて、どこへ向かうのだろうか？　どうか手加減をせず、精一杯の人生をおくってほしい。

二〇一一年十一月十五日

離れていても感じるつながり

「高校一年生の男の子がおりまして、一人っ子なものですから、息子のどんなささいなことでも知っておきたくて困っています」と、講演会の場で質問に立った女性が打ち明けた。

「つまり、子離れができないわけですね」と引き取ったものの、わたしにはそうした気持がまったくないため、答えに窮した。

「わたしの母は、わたしについてあまり知らなかったとおもいます。五人きょうだいの長男だったので、母は妹弟たちの世話に忙しく、わたしもテストの結果や部活の様子をあまり話していませんでした」

それでもわたしは母が作ったご飯を食べて、部活で汚した練習着を洗ってもらうことで、母と十分つながっているとおもっていた。

心配をかけるのは仕方ないが、母を落胆させるようなマネだけはしてはならない。これはわたしにとって唯一の戒律である。反対に、もしも母にしつこくかまわれていたら、わたしは母を大切におもわなかっただろう。

　母の姿勢にならい、わたしは主夫として妻や息子たちの面倒を見ながらも、立ち入った話を持ちかけることはない。それぞれ悩みの一つや二つはあるだろうが、和気あいあいとした団らんが明日に向かう力になってくれればと願うにとどめている。わたしはそう答えて、女性も納得した顔で席についた。

　先日、数年ぶりに体調を崩した。四十度近い熱が続き、夕食のときも二階で寝ていると、下から妻や息子たちが楽しげに話す声が聞こえてきて、わたしはとても嬉しかった。自分がかかわった世界が、自分がいなくても順調にまわっている。至福というのはこれだとおもいつつ、まだ死ぬには早いと気を取り直した次第です。

二〇一一年十一月二十九日

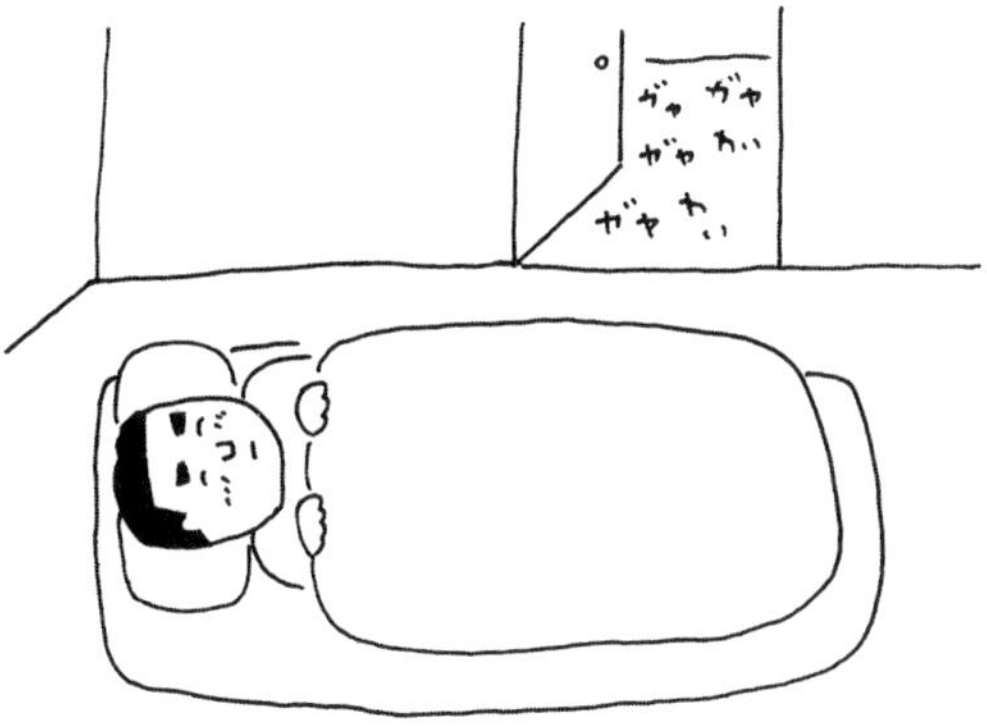

頼りがいのない「大黒柱」

わたしは父からガミガミ叱られたことがない。父の父、つまり祖父は説教じみた話をしたがる人だったので、父としてはそうはなるまいとおもったのだろう。

「パパ、たまにはビシッと言ってください」

ふざけまくる子どもたちに手を焼いた母に尻をたたかれて、「みんな、ちょっと来なさい」と父が言った。ひょっとして叱られるのかと、わたしは妹たちと父の前に並んだ。

「ビシッ！」と言うなり、父はきびしい顔を作り、われわれは笑いころげた。

得難い気質ではあるが、父には頼りがいというものが欠けていた。労働組合員として会社との争議に入れ込んだために給料は最低水準まで引き下げられて、おまけにうつ病までわずらい、父もさぞかしつらかったとおもう。

親を頼れないなら自立するまでと、わたしを先頭に四人の妹弟たちも大学進学や就職を機に家を出て、いまではそれぞれ家庭を営んでいる。父も十一人の孫の祖父となり、持ち前ののん気な気性でおじいさんらしい日々を送っている。

まことにめでたい話だけれど、子どもの立場からすれば、もう少し一家の大黒柱らしい役割を果たしてもらいたかった気もする。そのおもいは妹のほうが強かったようで、ある年のお正月に、三児の母となっている年子の妹がため息まじりにつぶやいた。

「パパはさあ、最初からおじいさんだったらよかったんだよね」

われわれの視線の先では父が孫たちとまわり将棋をしていた。その姿は四十年前のままで、この先もずっと変わらない気がした。

二〇一一年十二月十三日

おなかいっぱいの幸せ

家庭とは何か？

いくらでも答え方はあるだろうけれど、わたしなりに言えば、「家庭とは、お金を払わずに食事ができるところ」である。

この考えを抱いたのは、大学生になって、親元を離れたあとのことだ。札幌から、実家のある茅ヶ崎に帰省するたびに、わたしは財布の中身を気にせずにおなかをいっぱいにできる喜びにひたった。母がよそってくれたご飯をかきこんで、「おかわり」と差し出したお茶わんを笑顔で受け取ってもらうのは、本当にうれしかった。

母としては、わたしがいつもやせて帰ってくるので、札幌でちゃんと食べているのか心配でならなかったという。なにはともあれ、おなかが満ちれば気持ちは落ち着く。

「佐川さんは、帰省する前とあとで人相がまったく違いますね」と寮の後輩から言われたことがあり、すると普段はよほどひどい顔をしているわけだと反省した。ただし、悩みの種は尽きず、わたしは空腹に気づかないまま本を読み、札幌の街をうろつきまわった。

時が過ぎて、わたしは親になった。わが家を、お金を払わなくても食事ができるところとするために、妻とわたしはたゆむことなく働いている。おかげでどうにか年の瀬を迎えられて、みなさんと同じく一息ついているのである。

今年は本当に大変な一年だった。おそらく来年も再来年も困難は続くのだろう。

日本中の、そして世界中の人たちが、せめてお正月くらいは安心して食卓を囲めますように。

二〇一一年十二月二十七日

年の功でゆずりあい

わたしの生年月日は一九六五年二月八日、干支《えと》は巳《み》である。早生まれで、同級生は辰が多く、そのせいか一足早く年男になった気がしている。もっとも、まもなく四十七歳になるというのに、年を取ったという実感がまるで持てない。

どうしてだろうと考えて、作家デビューをしたのが三十五歳と遅かったからだとおもいついた。十年以上も書き続けてきたとはいえ、ひよっこ同然の立場では、とても年齢に見合った貫禄は身につけられない。しかも、生来苦労が身に染みないタチで、自分ではそれなりに悩んできたつもりでも、ちっとも顔つきにあらわれてくれないのである。

ただし、若いときとは違ってきたこともある。体力の低下はもちろんだが、ちょっとした場面で人に先をゆずることが苦にならなくなったのは、よい変化だとおもっている。

自転車でスーパーへ向かう途中や、買物中に、「どうぞ」「すみません」といった言葉が口をつかない日はない。相手の態度によってはムカつきもするが、以前よりも負の感情を引きずらずにすむようになった。

小学生のころ、わたしは苛立ちを抑えられなくなるとカツオ節を削った。鉋《かんな》の刃の上で堅いカツオ節を前後に動かしているうちに、気持ちがしずまっていく。削り立てを指につけて口に運べば、極上の旨味が広がり、わたしは満足して畳に寝ころんだ。

勉強も大事だけれど、自分なりの気持ちのしずめ方を身につけるのも大切なことだと、わたしはおもう。そして、無駄に苛立たなくなるからこそ、本当に怒るべきときに怒れるのではないだろうか。どうか、笑顔の辰年でありますように。

二〇一二年一月十日

もう、子どもではいられない

「あなたが、大人になったとおもったのは何歳のときですか？」

成人の日に、ラジオのＤＪがリスナーに訊ねた。しばらくして、

「二十三歳」「三十五歳」

といった回答が寄せられて、ＤＪが、「みんなけっこう遅いなあ。でも、そうですよね。自分が大人だなんて、簡単にはおもえませんよ」と感想を述べた。

わたしも、それはそうだと頷きながら、しかしこれは質問の仕方が悪いとおもった。

「あなたが子どもでいられないとおもったのは何歳のときですか？」

成人の日に訊くなら、この質問のほうがふさわしいのではないだろうか。ちなみに、あとの質問に対するわたしの答えは七歳である。

その日、わたしは昼寝をしていた。目を覚ますとそばには誰もおらず、夢うつつのあわいで、ふとおもいついた。

「そうか、おれの人生はもう始まっていて、これまでの七年間はやり直しがきかないんだ」

将棋やオセロゲームをよくしていたので、負けてもやり直せるゲームと人生は違うことに、おそまきながら気づいたというわけだ。

「うかうかしていられないなあ」とも考えて、七歳のわたしは自分の身に訪れた変化の兆しに驚いた。

だからといって、わたしの日常生活が一変したわけではなかった。しかし、その発見はいまも鮮やかで、折にふれて懐かしく思い出している。

大人になった、と事後確認をするよりも、子どもではいられないとの決意こそが人を前に進ませるのではないだろうか。

そして大人にも完成はなく、われわれは現在進行形の生をひたすら続けていくのである。

新成人に幸あれ！

二〇一二年一月二十四日

わたしの長所

就職内定率の低さが話題になって久しい。わたしはバブル世代に属するので、同級生たちは当たり前のように企業に就職していった。わたしも二、三社の面接を受けたが、とても大企業ではやっていけないと諦めがつき、その後は紆余曲折の末、現在に至っている。

いまでもよくおぼえているのは、面接官の質問に対する憤りである。

「あなたの長所はどんなところだとおもいますか？」

そう訊かれたとたん、わたしは頭に血がのぼり、あやうく席を立ちかけた。

なぜ自分はあれほど反発したのか？

数年前に、萩本欽一氏の言葉を聞いて、わたしはその理由がようやくわかった。

欽ちゃんといえば、演歌歌手や無名の新人をバラエティー番組に抜擢して、笑いをとる名人だった。あるトーク番組で、司会者から、誰を起用するかを決める際のポイントはなんだったんですかとたずねられて、欽ちゃんは答えた。

「それはね、自分の長所に気づいていない人。これがわたしの魅力って自覚している人の仕草にはイヤミがあるでしょう」

なるほどと感心して、わたしは自分の若気の至りに納得がいった。

小説においても、作家はともすると自分の世界観を読者に押しつけようとしてしまう。しかし、小説のどこに感心するのかは読者の自由である。作者は物語を提供し、読者はおもいおもいに楽しんでくれればいい。

それにしても、わたしの長所はどんなところなのだろうか？

二〇一二年二月七日

抜けられぬ自意識過剰

先日、某テレビ局の書評番組に呼ばれた。特集コーナーのゲストとして、二十分ほど司会の方とトークをする。

滅多にないことであり、わたしは臆面もなく宣伝をしてまわった。おかげでスーパーでの買い物のおりに、店員さんたちから、「見ましたよ。いつものままでしたね。ステキでした」などとおだてられて、わたしは機嫌よく暮らしている。

今回に限らず、わたしは日ごろから顔なじみの女性店員さんたちとよく言葉をかわす。天気の話題だったり、相談を持ちかけられたりといろいろだが、家事と執筆に追われる主夫兼作家にとっては、単調な日々の貴重なアクセントになっている。

思春期のころは、自意識過剰の塊だったので、とても女子とは口がきけなかった。大学でも北大恵迪寮というホモソーシャル（男社会的）な共同体で充足していたため、女性と会話をしたのは数えるほどだった。

そうした呪縛も結婚と同時にとけて、もう相手は決まったのだから、ほれたはれたは抜きにして誰とでも話せると、二十四歳のわたしは安堵した。この発想もまた自意識過剰の一種だが、そこはどうかお見逃しいただきたい。

作家でありながら、わたしは恋の駆け引きに興味がない。妻とも、どうか無事にそいとげたいと願うばかりである。ところが、姓名判断によれば「佐川光晴」は逆境に耐えるのは得意だが、順風になるとハメを外す。子どもに会えなくなるとまで具体的に警告されていて、どうやらわたしは自意識過剰から生涯抜けられないようである。

二〇一二年二月二十一日

季節とともに子どもは育つ

この冬の寒さは、本当に厳しかった。北大の学生だったころは真冬でも腕まくりをして札幌の街を闊歩《かっぽ》していたのに、内地の気候に慣れてしまった四十七歳のわたしには、最高気温三度の天気が大変つらかったのである。

話は変わるが、先日独身の女性記者から、「最近の子どもは、昔の子どもと違いますか？」とたずねられた。

「いやあ、大して変わらないでしょう」と小二の息子を育てているわたしは答えた。息子を含めて、みんなゲーム機を持っているが、おたがいのゲームをのぞき合いながら、糸ミミズのように体をくっつけている様子を見るにつけ、わたしは何も変わっていないと安堵している。

程度の差はあれ、どの子も負けず嫌いで、いばりん坊で、気が短くて、そのわりにやさしいところもあってと、子どもの感情はくるくるとよく動き、世界をみるみる自分のものにしてゆく。

ただし、子どもに対する親の要求は変わってきているとおもう。わたしなどは、よく食べて

機嫌良く暮らしているなら子どもは自然に育っていくと楽観している。英会話がうまくなるよりも、友だちや近所の人たちと普通に話せるようになってほしいし、朝起きてから夜寝るまでの一日をたっぷり味わってもらいたいとおもっている。

〈カエルの子はカエル〉という格言はおおよそ正しいが、親にとってなにより嬉しいのは、親が予想もしなかった分野で子どもが力を発揮したときではないだろうか。その場合も、〈トンビが鷹《たか》を産んだ〉と自嘲気味に誇るのではなく、子どもが自分の人生を生き抜くための手がかりを掴んだことを素直に寿《ことほ》いでやりたい。

子どもたちは、春から夏へ、秋から冬へ、そしてまた春へと巡る季節の中で力を育み、いつか開花する日まで、どうか自分をそこなわず、目標に向かってはげんでほしい。わたしも寒さに負けずに、もう一働きも二働きもしようとおもっています。

二〇一二年三月六日

タイプを気にしない人がタイプ

高校二年生のある日、同じ高校に通う一歳下の妹が、「Kさんは、松田聖子と河合奈保子だと、どっちのタイプが好きかなあ?」ときいてきた。Kはわたしの友人。妹の友だちがKを好きなので、お兄さんをとおしてどっちが好きかたずねてほしいと頼まれたのだという。

Kはハンサムで、陸上部で、勉強もできるせいか大変モテる。一方、Kと仲のいいわたしに、女子はちっとも寄ってこない。それはともかく、Kは河合奈保子のファンだったので、わたしはそう教えた。その後、Kと妹の友人が付き合うことはなかったようだが、「タイプ」という言葉はわたしの頭に残った。

月日は過ぎて、妻と結婚することになったとき、「この人と連れそうわけだ」と二十四歳のわたしはしばし感慨した。続いて、なぜかKのことを思い出し、妻はどんなタイプの女性なのだろうと考えてみた。身長は一六六センチと女性としては大柄で、あまり美人とはいえないうえに三つ年上ときている。しかし、これでは妻のなにを説明したことにもならないと気づき、「タ

イプで選んだんじゃないからなあ」とわたしは誰にともなく言いわけをした。
　悔しまぎれを承知で言えば、自分が好きなタイプにこだわって、それに該当する相手を探すのも、相手が好きなタイプに自分を合わせようとするのも、わたしにはいいことにおもえない。つまりわたしは、わたしがどんなタイプの女性が好きかなど気にせずに、その人なりのスタンスで活動している人がタイプらしい。悪い趣味ではないとおもうのだが、まかり間違うと「主夫」になる場合もありますので、気軽におすすめするわけにはいきません。

二〇一二年三月二十日

北に向かって姿勢を正す

小説家は孤独だと言われる。長編となると、構想から脱稿まで一年以上かかることもあり、その間は黙々と書き続けるしかない。書くうちに登場人物への親しみが増してくるし、〈事実は小説よりも奇なり〉のさらに上をゆく偶然も作用して、実のところ創作とはなかなかダイナミックな行為なのである。そうでなければ、文字のつらなりによって読者の感情をかき立てられるはずもない。

といった次第で、日がな机に向かって飽きないのだが、このところ北大恵迪寮OBの方々と会う機会が続き、わたしは学び舎を同じくする人たちとの語らいから大きな安心を得た。

社会に出て、仕事で評価されるのはうれしいことである。しかし、海のものとも山のものとも知れない若造同士として過ごした日々の感激にはかなわない。まったくぜいたくをさせてもらったというのが、恵迪寮での暮らしを思い返しての、わたしの偽らざる感想である。

なによりわれわれには寮歌がある。なかでも「都ぞ弥生」は北大生の枠を超えて多くの人々に愛唱されている。明治四十五年（一九一二年）の誕生から百年になるのを祝して六月九日に記念行事がもよおされるにあたり、わたしは講演をおおせつかった。このコラムでは、自著の宣伝を慎んでいるが、今度ばかりは大いに来客を呼びかけたい。あまたの寮生たちを代表するなどもとより不可能にしても、「都ぞ弥生」に導かれて北の大地に渡ったわれわれの、道民のみなさんへの感謝の気持ちはしっかり伝えたいとおもっている。

紙の上の物語によるのではなく、声音に乗せての語りで聴衆の感興を誘うべく、準備に余念のない今日このごろです。

二〇一二年四月十七日

妻の両親に向けてデビュー作

五月二日で妻の母が八十歳になった。結婚のあいさつに訪れた日から数えれば二十四年の付き合いになる。わたしは三月に卒業予定の大学生で、二十三歳だった。お茶の水の小出版への就職が決まっており、まさかそこをわずか一年で退職して、以後十年間を屠畜場の作業員として働くことになるとは、そのときは夢にもおもわなかった。

十六年前、息子が生まれたのを機に、二世帯での同居が始まった。われわれ夫婦と子どもたちは中庭を挟んだ一戸建てで暮らしていて、妻の両親とは食事も別々である。妻と同じく、妻の母も料理が苦手なので、わたしが作ったおかずを分けることはあってもその逆はないという、一風変わった婿しゅうとめ関係を送りながら、わたしはやがて小説を書くようになった。

デビュー作「生活の設計」には、三十一、二歳ごろのわたしの生活がそのまま取り入れられている。

妻の両親にしてみれば、一人娘の夫として迎えた若者が予想もしなかった職業に就いて、さぞかし驚いたにちがいない。ところが、わたしは一度も苦情めいたことを言われなかった。しかし心配をかけているのはわかっており、わたしは自分の仕事がいかなるものかを妻の両親に説明するために「生活の設計」に取り組んだのである。

首尾よく新人賞を受賞したものの、問題は二人の感想だった。いずれ妻にたずねてもらおうとおもっていると、妻の母はわたしが古紙の廃品回収に出した草稿を読んでいたという。「とっても面白かったんだって」との妻の言葉を聞き、わたしは安堵した。

妻の母は、この三年ほど心身の不調に苦しんでいたが、近ごろは見違えるような元気さで、就寝前に入浴することにしたのがよかったらしい。

この調子で、夫婦そろってたっぷり長生きしてほしいと、不肖の婿は願っています。

二〇一二年五月十五日

疲れたときに『山のパンセ』

登下校中の子どもが巻き込まれる交通事故があとを絶たない。本当にいたましいことで、死傷者が出ているとのニュースに接するたびに事故を起こしたドライバーに対する憤りと親御さんへの同情で気持ちが高ぶり、こう書きながらも冷静さを失ってしまう。

小学三年生の息子を通学班の集合場所まで送っていくときにも、通行人に注意していないオーバースピードの車に遭遇して怒りをおぼえることが週に一度はある。切羽詰まった顔で自転車のペダルをこぎ、あやうく子どもにぶつかりかけたサラリーマンをにらみつけたことも何度かあり、「そんなふうに街を走るやつにまともな仕事ができるものか」と怒鳴りそうになるのをかろうじてこらえた。

慢性化した不況で精神的に追い詰められているのかもしれないが、だからといって一歩間違えれば事故を起こしかねない走行をしていいはずがない。

かく言うわたしも浮ついた気分をどうにも抑えかねる日があり、気に入りの画集を見たり、聴きなれた音楽を聴いたり、かつお節を削ったりと、あの手この手で平常心を取り戻そうとしている。読み慣れた本もまた最良の精神安定剤で、困ったときは串田孫一を読むのが数年来の習わしになっている。

わたしは登山はしないが、『山のパンセ』をはじめとする串田氏の著作に収められた文章を読んでいると、山歩きのテンポが体に移り、頭上に空が広がる気がする。おもうに、串田氏もまた抑えがたい情動を抱えて山に入り、一歩一歩山の奥へと足を進めるうちに気持ちを整えていったのではないだろうか。

このコラムもそうした役目を果たしたいと、高望みを承知で願っています。

二〇一二年五月二十九日

周囲の支えで夫婦らしく

「佐川さんの奥様は、本当に寛大な方ですよね」と、打合せの途中で女性編集者がつぶやいた。

「そうでしょうか」とわたしはとぼけたが、相手の言いたいことはおおよそわかっている。

「小説やエッセーにあれだけ登場させられたら、普通はまいっちゃいますよ」

「そうかもしれませんが、ウソは書いてないし、誇張もしていませんよ。料理が苦手だというのも、美人とは言いがたいというのも事実ですからね。いまでも、ほとんどの家事はぼくがしているんだし」

編集者が言葉に詰まったので、わたしは助け舟を出した。

「妻が人並み以上に寛大かどうか知りませんが、ぼくの両親と妹弟たちは全員彼女の味方ですよ。『ノリちゃんだから、ミツハルの相手がつとまっている』がみんなの口ぐせです」

その口ぐせの当否はともかく、もしも親や妹弟たちがわたしの味方にまわっていたら、さぞかし厄介な事態におちいっていたとおもう。一方、妻の両親は、自分たちの娘が夫に家事を任せていることをひたすら申しわけながっており、つまり双方の身内が恐縮しあっていることでうまくバランスが保たれているわけだ。

　結婚をするのは当人同士だけれど、二人が夫婦らしくなっていくのは周囲の支えや気づかいがあってこそである。ただ、夫婦のあり方は千差万別なので、なるべく口を挟まずに、つかず離れずの場所から見守っているのがいいのだとおもう。

　こう書きながら、われわれ夫婦を見守ってくれた、見守ってくれているたくさんの人たちの顔が浮かび、なんともありがたいことだと感謝しています。

二〇一二年六月十二日

一年半ぶりの遠出

六月八日から十日まで、札幌にお邪魔した。以前当コラムで紹介した北大恵迪寮寮歌「都ぞ弥生」百年記念祭での講演は盛会のうちに幕となり、関東の地で余韻にひたりつつ机に向かっている。

主夫という立場でもあり、わたしは夜分の酒席での打合せはご遠慮申し上げている。今回のように家を明けての遠出もほぼ一年半ぶりで、妻が無事に主婦をつとめてくれるかどうか心配しながら、金曜日の朝に小三の次男が登校するのを見送った足で出発した。

飛行機事故などめったに起きるはずはないとわかっていても「今生の別れ」という言葉が頭をよぎるのが情けない。

日曜日の午後十時すぎに埼玉の自宅に帰り着くと、ひとり起きていた高二の長男が「おかえりなさい」と迎えてくれた。

「ただいま」と応じて、わたしは松前漬けをわたした。ほかのお土産はスーツケースに入れて札幌から送ったので、明日の朝ごはんのおかずにと、これだけを新千歳空港で買ったのである。

「おっ、うまそう」と、食べ盛りの息子はうれしそうだった。

二階に上がると、すでに就寝していた妻も気づいて、「おかえりなさい」と笑顔で言った。次男は、「おとうさんが帰ってきたら、かならず起こして」と頼んでいたというが、いくら呼んでも寝返りをうつばかりで目は覚まさなかった。

シャワーを浴びて二階に戻ると、妻も寝息を立てて熟睡していた。

講演会のあとや懇親会の席で、「いつも、『主夫のつぶやき』を楽しみにしています」と声をかけられて、大変ありがたかった。みなさまのはげましに応えるべく、これからものんびり書いていこうとおもっています。

二〇一二年六月二十六日

名曲喫茶の思い出

札幌に、「コンサートホール」という名曲喫茶があったのをおぼえている方はどのくらいおられるだろうか。

かつては、北大脇の通りが陸橋となって線路を越えていた。その北側のたもとあたりに、あまり目立たない喫茶店があった。三十年ほど前のある日、大学一年生だったわたしは講義の合間になんの気なしにその店に入った。

すると、驚いたことに「コンサートホール」という名前そのままに、正面のステージに当たる場所に大きなオーディオセットが置かれている。座席もほとんどが前向きで、つまりクラシックレコードの鑑賞を目的にした喫茶店だったのである。

意表をつかれたが、明るい店内は居心地が良かった。曲名などさっぱりわからなくても、年代物らしい立派なスピーカーから流れるクラシック音楽は素晴らしかった。なによりわたしは親元を離れて移り住んだ札幌で気に入りの喫茶店を見つけたことがうれしかった。

恵迪寮での組んずほぐれつの付き合いにくたびれると、わたしは「コンサートホール」に行った。わたしと同じく一人で来ているお客さんが多かったようにおもう。向かい合わせに椅子が置かれたテーブルもあったが、話し声が聞こえてくることはなかった。

卒業後数年して札幌を訪れると、駅周辺が様変わりしていた。陸橋もなくなり、「コンサートホール」があった場所さえわからず、ちゃんと別れを惜しんでおけばよかったと残念でならなかった。

主夫兼作家の身では、そうそう喫茶店にも行っていられない。もしもタイムマシンに乗れるとしたら、「コンサートホール」で一、二時間コーヒーを飲みたいとおもいます。

二〇一二年七月十日

子どもはオフ、主夫もほしい

夏休みに入っても、高校二年生の長男は毎朝野球部の練習に出かけてゆく。真っ黒に日焼けして、ユニフォームも泥だらけにして、そのうえ勉強は欠かさないのだから、そのスタミナには感心するばかりだ。

一方、小学三年生の次男はひたすらゴロゴロしている。ゲームをしたり、まんがを読んだり、気が向くと庭でサッカーボールを蹴っている。誤解のないように断っておけば、長男だって小学生のうちは夏休みを気ままにすごしていた。少年野球のチームに入っていたけれど、夏休み中も練習は土日のみ。習い事は一つもしていなかったし、塾にも通っていなかった。

家庭によって教育方針は違って当然だが、わたしは小学生のうちは学校の授業で十分だとおもっている。なにを学ぶかも重要だろうが、誰と一緒に学ぶのかのほうがより大切ではないだろうか。クラスメイトのふるまいや、担任の先生がどんなことに注意しながら学級運営をしているのかにも気づいてほしい。

子どもの集中力は限られている。なけなしの力を分散させずに、まずは学校から多くのものを学んでほしいというのが、われわれ夫婦の共通の考えである。

じっさい、一学期のあいだ、次男は毎日へとへとになって帰ってきた。そして、学校での出来事をこと細かに話してくれる。先日の終業式のあとも、家に帰り着くなり、「終わったあ。きつかったあ」と言っていたが、その顔は充実感に溢れていた。

子どもたちにとって、夏休みはシーズンオフである。三食を用意するのはしんどいし、主夫だってオフがほしい。それでも、一学期の活躍をねぎらい、二学期以降の奮闘を願って、たっぷり休ませてあげようとおもっています。

二〇一二年七月二十四日

故人の話題が一番の供養

もうすぐお盆で、里帰りをする方が多いのではないかとおもう。

わたしも学生のときは、毎夏、札幌から神奈川県茅ヶ崎市の実家に帰省していた。財布を出さずとも毎日三度のごはんが食べられて、洗濯も母まかせと、帰省中はとにかく気楽だった。

結婚後は、お盆に、妻と一緒に双方の実家を訪ねるのが恒例になった。わたしはまだ勤めをしていて、短い夏休みを有効に使いたい気持ちもあったが、物事には順序がある。わたしの親きょうだいは妻と話すのを待ちかねていたし、妻の親戚たちは競ってわたしのグラスにビールを注いでくれた。やがて主役の座は赤ん坊にゆずり、暑い最中《さなか》に、おむつや哺乳瓶を抱えて電車に乗ったのも今となっては懐かしい思い出である。

結婚から二十年が過ぎて、祖父母をはじめ多くが故人となった。法事で会うおじやおばもめっきり老けてきたので、つとめて昔話を聞かせてもらっている。その一方、赤ん坊だったおいやめいが少年、少女へと成長して、ただしこちらは難しい年ごろとあって、水を向けてもなかなか話に応じてくれない。
供養というとお墓参りだけれど、わたしは亡くなった人たちの話をするのが一番だとおもっている。父方の祖父母は、父との折り合いが悪かったこともあり、あまり楽しい思い出がない。しかし、そのことも含めて、二人の様子を息子たちに教えている。青森・弘前の人で、佐川勇造さんと睦子さんといった。勇造さんは三度戦争に行かされて、ずいぶんつらかったらしい。まさかこんなふうに名前を出されるとはおもっていないだろうから、あの世で照れていてくれたら孫としてはうれしいかぎりです。

二〇一二年八月七日

「世界」と直面するときは一人

わたしが小学四年生だったときの夏休み明けに、友人のT君が、おとうさんの運転する車で神奈川県の茅ヶ崎と秋田を往復した旅行について発表をした。黒板に張られた模造紙には、黒いフェルトペンで関東から東北までの日本地図が描かれて、何時に出発して、どこに何時に着いたかが記入されていた。たしか、自家用車の写真も貼られていたとおもう。

「日本って、そんなかたちと広さをしているんだ」

T君の発表を聞きながら、わたしは初めて日本列島を具体的に知った気がして興奮したのをおぼえている。

中学一年生の夏には、父の知人が所有するクルーザーに乗せてもらい、相模湾にこぎ出した。曇りの日で、やや波が荒かった。初対面の男性は気むずかしい人らしく、向こうからは何も話してくれない。沖に向かって進むうちに、陸地が全く見えなくなった。船にはその人とわたしの二人しかいない。

「ここで何が起きても目撃者はいない」

妙な不安におそわれるのと同時に船酔いが始まり、わたしは嘔吐を繰り返しながら波だけを見ていた。そのときの、灰色をした海の広がりはまざまざと思い出せる。

大学生のときには一年間休学をして中南米諸国をうろついていた。名前も知らない小さな町を泊まり歩きながら、自分はどうしてこんなところにいるのだろうと、毎晩同じことばかり考えていた。日本から見て、自分が地球の裏側にいるのが、どうにも信じられなかった。

夏休みに家族と過ごした楽しい思い出もたくさんあるけれど、「世界」と直面したときはいつも一人だった。きっと息子たちも、われわれ夫婦の知らないところでいろいろな経験を積んでいるにちがいない。

二〇一二年八月二十一日

子育ての加減を学ぶ

わが家の高校二年生の長男は野球部員である。一回戦突破が目標の県立高校だけれど、実によく練習している。夏の甲子園大会が開かれているあいだに、新チームによる新人戦が行われたため、夏休み中も連日ユニホームを真っ黒にして帰ってきた。

おかげで今年は家族旅行には出かけられず、日帰りで海やプールに泳ぎに行ったり、プロ野球やJリーグの試合を観に行った。小学三年生の次男も選手の名前をよく知っているので、わたしも気兼ねなくゲームに集中できた。

試合時間が決まっているサッカーは最後まで応援できたが、野球は六回が終了したところで、次男が疲れてしまった。西武ドームからわが家までは小一時間かかるため、無念の途中退出となったが、それでも十分楽しめた。

上の子は、初めての子どもだったこともあり、バカ丁寧に育てた。過保護にしてはいけないという意見もあるけれど、先人の教訓は無視して、とにかく手をかけた。

子連れでの夜の外出などもってのほかで、毎晩八時には親子三人揃って布団に入る。わたしも妻も仕事以外の時間はすべて子育てに当てた。

長男が小学校一年生の夏休みに、家族三人で神宮球場に観戦に出かけた。夕暮れの日差しを浴びながら選手たちがバッティング練習をしていて、放たれた打球が外野スタンドに飛び込んだ。

「広いなあ」とつぶやき、わたしは子どもにかかりきりだった六年間をおもった。

子育ては、加減を学ぶことなのだとおもう。幼いものに寄りそううちに、このくらいでいいのだということがわかってくる。

来年はきっと、野球もゲームセットまで観戦できるとおもいます。

二〇一二年九月四日

生き方の幅を広げる読書体験

暑い暑い夏がようやく終わった。本当に暑かった。関東ではまだ、秋の訪れは実感できていないけれど、とにかく猛暑からは抜け出せた。

そうなると次は芸術の秋、読書の秋である。

もっとも、わたしは小学生のころ、漫画しか読んでいなかった。中学生になると、ＮＨＫドキュメンタリーやＮＨＫ教育テレビで日曜の晩に放送していたモノクロのアメリカ映画なども見るようになった。しかし、読むのは相変わらず少年向けの漫画ばかりだった。

活字に目覚めたのは高校一年生のときで、同じクラスのＩ君が教科書の下に隠して文庫本を読んでいた。休み時間まで寸暇を惜しんで読んでいて、Ｉ君から借りて吉川英治作『三国志』全八巻を読破したのが、初の読書体験である。

漫画と違って文章が続いているだけなのに、何千年も昔の中国の大地が目の前に広がり、関羽や張飛の活躍に血沸き肉踊るおもいをした。つづいて吉川作の『水滸伝』を読み、夏目漱石の『吾輩は猫である』に至って、どんなギャグ漫画を読んだときよりも腹を抱えて笑いころげた。

小説で用いられているのは文字を連ねた文章だけである。一見すると無味乾燥というしかないが、ひとたび物語に引き込まれれば、映画にも、芝居にも、漫画にも負けない豊かでリアルな世界が出現する。言葉は人間の存在と切り離せない道具であり、感情や知性を奥底から揺り動かす。

一人の人間が経験できる事柄や、知り合える人の数はそう多くはない。思春期にかぎらず、読書を通じて、あんなふうにも生きていける、こんな人生もあるのだと知ることは、生き方の幅を広げてくれるだろう。

そうした気持ちで見あげるのにふさわしいのは、やはり秋の高い空だとおもいます。

二〇一二年九月十八日

わが家のアンカーを自負

このコラムではわたしは主夫を自称している。しかし、「主夫」という言葉で自分を定義するのには若干の抵抗がなきにしもあらずである。

「ということは、佐川さんは主夫なわけですね」

五年ほど前、取材にみえたライターの方に指摘されたとき、なるほどそう言われればそうかと、わたしはいったん納得した。ただ、「主夫」という定義を受け入れると、今後もわたしが家事の大半を受け持つことが決まってしまいそうで不満だった。

わたしは共働きを推奨していて、夫婦がそれぞれ職業を持ち、協力して子育てや家事をしていくのがベストだとおもっている。わが家でわたしが「主夫」とみなされている状態にあるのは、小学校教員をしている妻が忙しすぎるからだ。彼女にもう少し余裕ができて、平日は九対一とわたしに偏っている家事・育児の比が七対三くらいになってくれたら、喜んで「主夫」の看板はおろしたいとおもっている。多分その日は来ないだろうけれど、そう願わずにはいられない。

一方、わたしは自分を家庭内におけるアンカーだとおもっている。リレーの最終走者ではなく、登山において他のメンバーの滑落に備えて安全を確保するという意味でのアンカーである。

保護者とほぼ同義だが、「保護」には平時から要らぬ世話を焼くというマイナスのイメージが付きまとっている。アンカーは子どもや配偶者がピンチのときに出動して、最悪の事態におちいることだけはまぬがれさせる。つまり、家族に対する信頼と放任が前提になっている。

わたしの造語で、親の意識が「保護者」から「アンカー」に変わっていくことで、社会をより良い方向にむかわせられるのではと考えています。

二〇一二年十月二日

洗濯物を干して感じるわが子の成長

十月も半ばとなり、今年も残すところあと二ヶ月半である。冷静に思い返すと、いくつもの小説やエッセーを発表し、数冊の単行本を刊行し、各地で講演をしてきたのだが、月日のたつ早さに驚いている。

なにやら、いかにも作家っぽい述懐を書いてしまった。実際の日々は、洗濯物を干してはたたむの繰り返しで、いまもそろそろ布団を取り込もうとおもいながらパソコンに向かっている。

いつだったか、母が、「一生洗濯をして終わるんじゃないかとおもった」と言った。わたしを筆頭に五人の子どもがいたのだから、洗濯ひとつにしても、それはそれは大変だったとおもう。

高二の息子は野球部で、電車通学をしているため、帰宅が午後十時を過ぎることがある。妻は小三の次男と共にすでに就寝しているので、わたしは執筆の手を止めて、温め直した食事をテーブルに並べる。弁当箱を洗い、汚れた練習着を入れた洗濯機をまわす。息子が夕食を終えたあとに食器を洗って、明日の朝食用のお米を炊飯器にセットしてと、家事は深夜までエンド

レスに続く。
面倒だとおもうこともないではないが、わたしも母に同じ苦労をかけてきた。それに息子は来年七月には部活を引退して、その後はいくら洗いたくても汚れたユニホームを洗濯に出してはくれなくなる。
あと少しの辛抱だし、季節の移りゆきにつれて洗濯物の乾き方が変わってくるのも面白い。息子たちの服が年々大きくなっていくのも嬉しくて、それを実感できるのも毎日洗濯物を干して、たたんでいるからこそである。
主婦&主夫のみなさん、水仕事の手が冷たくなる季節です。あかぎれに気をつけて、がんばっていきましょう。

二〇一二年十月十六日

盛装で気分転換

わたしはずっとおしゃれに興味がなかった。先立つものがなかったせいもあるが、中学・高校では詰め襟の制服とジャージー、それにサッカーの練習着とユニホームしか着た記憶がない。ちなみに、髪型は高校卒業時までずっとスポーツ刈りだった。

北大の学生だったときも、冬は一張羅の羊毛のシャツとダウンジャケット、冬以外の季節は革ジャンばかりを飽きもせずに着ていた。アルバイトをするのも、映画を見て、古本を買うためで、おしゃれにお金を使うことなど考えもしなかった。これでは恋人ができるはずもない。今だって、トレーナーにジーンズでパソコンの前に座り、そのうえからエプロンをして台所に立つ毎日である。

ところが、この二、三年、講演会や対談などで人前に出る機会が増えた。ネクタイはしないが、スラックスにジャケットに革靴というわたしなりの盛装をすると、なかなか気分がいい。家族で食事に出かけるときも、なるべく小ぎれいな服に着替えるようにしている。

外見を良くしたいというよりも、ひとつの気分転換なので、きちんと仕立てられた服に袖を通すと背筋が伸びる。自分の器量が試されるような気になるもので、服に人間が負けていては、せっかくの盛装も意味がなくなってしまう。

廉価の衣料品が全盛で、わが家でもみんなお世話になっている。ただ、四十七歳のわたしとしては、今後は十年着ても飽きない服もあつらえてみたい。実は、ねらっている革のジャケットがあるのだが、かなりいい値段なので、タイミングを見て妻に相談しようとおもっている今日このごろです。

二〇一二年十月三十日

学級閉鎖でイライラ

十月下旬に、小学三年生の息子のクラスが学級閉鎖になった。マイコプラズマ肺炎とプール熱が同時に流行し、月曜日に八人休んだというのでひやひやしていると、火曜日に帰宅した息子がランドセルを乱暴に放り投げた。

「くそー、学級閉鎖だよ。十四人も休みだった」

二十八人のクラスで半数が休んだのだから、学級閉鎖になるのはやむをえない。息子が元気なのがせめてもの救いだが、配布されたプリントによると明日の水曜日から金曜日まで休みだという。二百ページを超す長編小説のゲラが届いたばかりで、土曜日には講演会が控えている。わたしは頭の中でスケジュールを調整しなおしたが、とてもこなせるメドは立たなかった。

翌朝、小学校教員の妻は普段どおりに出勤していった。「いってきます」と言われても、とても笑顔で送り出す気になれず、わたしはそっぽを向いた。

息子も九歳になるので、以前よりは手がかからない。そうはいっても相手をしながらでは仕事がちっともはかどらない。こんなときにかぎって連日妻の帰宅が遅く、おまけに電話を寄こさないので、ついにはケンカになった。

「本日は、お忙しいなか、作家の佐川光晴さんにおこしいただきました」との紹介を受けて、土曜日の午後、わたしは聴衆の前に立った。

「実はこの三日間、小説の執筆ではなく、学級閉鎖で休みになった息子の相手で忙しくしておりました。おかげさまで今日はようやく解放されて、講演のあとには宴席が用意されているとのことですので、楽しく乾杯ができるように、一生懸命話したいとおもいます」

とっさにおもいついて挨拶をすると満員のホールが笑いに包まれた。人間万事塞翁が馬と得心した次第です。

二〇一二年十一月十三日

輝かしくも危険な時期への第一歩

今朝、高校二年の長男が修学旅行に出かけた。京都の宿に三泊するが、基本的に班ごとでの自由行動で、息子たちの班は大阪城や三重県の伊勢神宮まで足を伸ばす予定だという。普段は学業と部活動に追われているため、しばし学校を離れての遠出が楽しみでならないようだった。

午前六時に、車で息子を最寄りの駅まで送った帰り道に、「京都か、いいなあ」と、わたしはハンドルを握りながらつぶやいた。日中にも何度か同じ言葉が口をついたが、わたしも晩秋の古都を訪れたいというのではなくて、十七歳での修学旅行がなんともうらやましかった。

さしたる緊張も見せずに埼玉から京都に向かえるようになった息子は、これからも見知らぬ土地に出かけては、たくさんの人たちと出会うだろう。その場かぎりの付き合いもあれば、かけがえのない友情が生まれることもある。異性とのあれこれだって、少しは生じてもらいたい。

まだ定かでない将来へのあせりと、全身から沸き立つエネルギーが混ざり合う、「青春」と呼ばれる年ごろへと、わが子もついに足を踏み入れたわけだ。輝かしくも、危険な時期なのだ

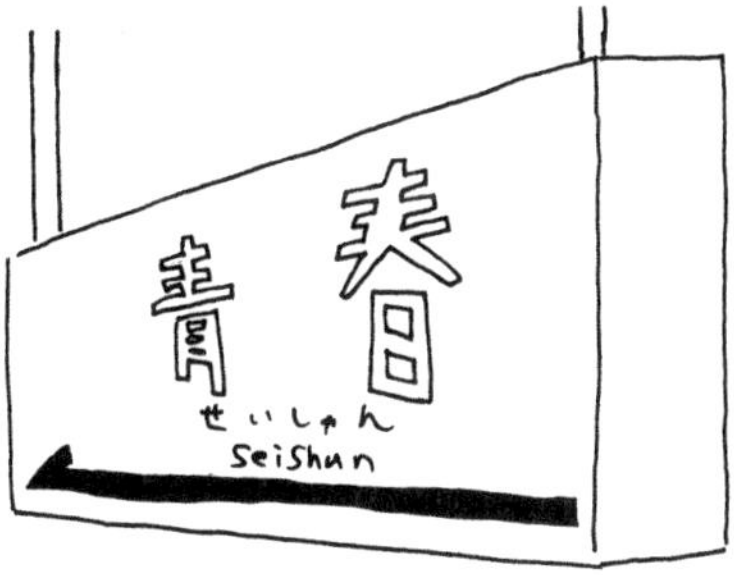

から、傷つけ、傷つけられて、悔しさに涙することも一度や二度ではないはずだ。しかし、そうした経験のすべてが血となり肉となって、くちばしの黄色い若者を大人へと変えていく。どうか手加減をせずに、全力で悲しみ、全力で喜んでもらいたい。

修学旅行に行かれたくらいで大げさなのはわかっているが、親バカな父は深夜机に向かいながら、息子への期待を抑えきれずにいる。今ごろきっと、京都の宿でくしゃみをしていることだろう。

二〇一二年十一月二十七日

久々の手持ちぶさたを満喫

午前四時のハンバーガーショップで椅子に座ると、わたしはコーヒーに口をつけてから文庫本を開いた。始発電車の発車時刻までは小一時間あった。

もう少し遅く家を出るつもりでいたが、アラームをセットした四時より三十分以上も早く目が覚めてしまった。それならと、わたしは着替えをすませてタクシーを呼び、最寄りの志木駅前まで来て、二十四時間営業のファストフード店に入ったのだった。

午後一時半から室蘭で講演をすることになっていて、緊張するにはまだ早すぎる。道中の退屈しのぎに携えてきた文庫本はおもいのほか面白く、わたしは羽田空港に向かう電車の中でもパリについて書かれたエッセーを読みふけった。

主夫兼作家という立場で家にいると、手持ちぶさたな時間というものがない。洗濯に掃除に買い物と、家事はいくらやってもきりがない。執筆の予定も詰まっていて、ありがたいことではあるものの、次から次と文章を書いていると、自分という樽が空っぽになっていくような不安におそわれる。読書も、書評を頼まれた本ばかりでは、少々後ろめたい。そんなときに、おあつらえむきのタイミングで遠出ができて、文庫本を読み終えると、わたしはうつらうつらしながら空の旅を楽しんだ。

北海道はあいにくの天気で、木々をぬらす雨と冷たい風が迎えてくれた。諸事に追われた状態から解放されてぼんやりするのは、本当に気持ちが良かった。

うまくリフレッシュできたおかげで、今回の講演も好評だった。「主夫のつぶやき」を愛読してくださっている方々に招かれてのことで、「佐川さんと北海道のかかわりは、これからが本番ですよ」と告げられた言葉がいまも耳に響いています。

二〇一二年十二月十一日

お雑煮を作るのは妻

二〇一二年も残すところ一週間になった。ロンドンオリンピックがあったうるう年だから、三六六日から逆算して、今日は今年の三六〇日目になる。

講演や打合せで外出したり、家族で外食をした日数を差し引いても、わたしは三二〇日は夕食を作ってきた。ちょっと気が遠くなる数字だけれど、主婦&主夫なら誰もがしていることだとおもう。わたしは家事こそが文化であり、文明の基礎だと信じて疑わないので、みなさんと共に健闘をたたえ合いたい。

「一つでいいから、レシピを増やそう」

年初に立てた目標は、残念ながら達成されなかった。今年もカレー、トンカツ、肉じゃが、マーボー豆腐、ショウガ焼きといった三十ほどの定番メニューを繰り返し作ることで終わってしまったが、下ごしらえと下味をつけるのは、より丁寧にするようになった。また、新しいフライパンが加わったおかげで、オムライスやチャーハンはごはんと具材を別々に炒めておいて、最後に混ぜ合わせるという技が使えるようになり、わたしの料理は一段とおいしくなったと家族に評判である。

こんなわが家でも、妻が料理の腕をふるうときがある。正月のお雑煮だけは、妻の実家に伝わる流儀でこしらえることになっていて、わたしは手を出さない。

わたしの母は東京生まれなので、すまし汁に焼いた餅と鶏肉と三つ葉というシンプルなお雑煮だった。妻のお雑煮は鶏肉、里芋、大根、人参を煮込んだところに焼いていない餅を入れて、こってりしたしょうゆ味に仕立てる。結婚当初は面食らったが、慣れればおいしいもので、こう書いていても元旦が待ち遠しい。

もっとも、三が日に妻のお雑煮をいただいたあとは、また延々とわたしが食事を作るわけだ。あまり先を見すぎず、来年もその日その日をしっかり生きていこうとおもいます。みなさん、良いお年をお迎えください。

二〇一二年十二月二十五日

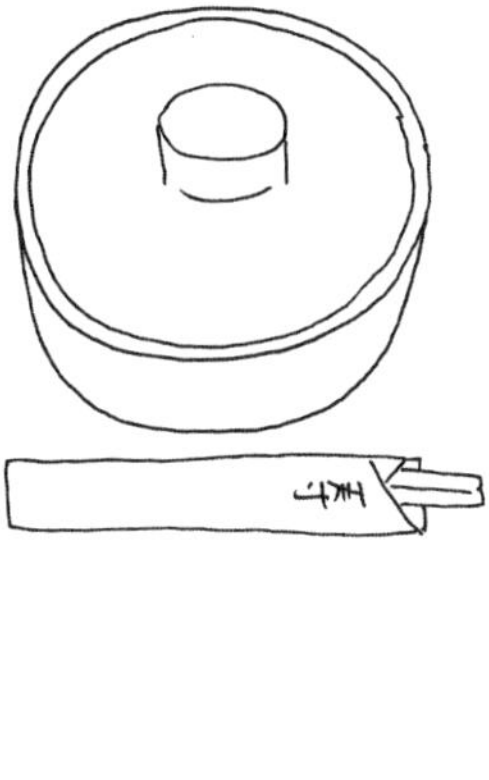

つぶされずにたくましく生きてほしい

昨年十一月末、わたしは横浜の市立中学校で全校生徒五八〇名に講演をした。道徳の授業の一環で、わたしが作家になる以前に従事していた牛を屠畜する仕事に則して、「命の大切さ」について考えさせる話をしてもらいたいとのことだった。四時間目の一コマで、正味三十分ではとても足りなかったが、わたしはとにかく役目を果たした。

すると年末になって、生徒たちの感想文が届いた。

「大切な仕事だけれど、グロいとおもった」

「牛や豚の命と、そこで働く人たちに感謝したい。でも、ぼくには絶対にできない」というのは、わたしが豚や牛を解体する手順をくわしく説明したからで、それだけ印象が強烈だったのだろう。

「悩んでもいいんだということがわかりました」

この感想には、わたしのほうが打たれた。

講演の冒頭で、わたしは神奈川県茅ヶ崎市で育ち、北大法学部を卒業したあと生き方に迷い、身体を使って一から働きたいと考えたことを話した。この感想文を書いた生徒は、人はそれまで進んできた人生のコースを大きくはずれてしまうほど悩むことがあると、わが身に照らして理解してくれたわけだ。

「自分の一生は、誰にも肩代わりをしてもらえません。どうぞ、全力で悩み、失敗もして、少しずつ強くなっていってください」という、わたしが最後に贈ったエールを書き写してくれた生徒もいた。

今思い返しても、体育館のフロアに座る中学生たちの眼差しは真剣だった。ツッパリらしく、髪にウェーブをかけた男子の一団が、講演を終えて退場するわたしに手を振ってくれたのもうれしかった。

みんなそれぞれ苦労をして、涙にくれることもあるだろう。けれど、どうか押しつぶされずに、たくましく生きていってほしい。

二〇一三年一月十五日

巳年の男、新年に脱皮を誓う

今年もたくさんの年賀状が届いた。わたしからもほぼ同じ枚数を送った。毎年、息子に家族四人の写真をメーンにした年賀状をパソコンで作成してもらい、数行のあいさつ文をそえる。あと、相手の住所と名前も自分で書く。

わたしは自他共に認める悪筆で、絵心ならぬ字心がないことは重々承知している。それでも前の年にもらった年賀状を読み返しながら、そこに記されている地名と氏名を書き写すのには喜びがあって、今回も性懲りもなく万年筆を走らせた。

今年とくにうれしかったのは、昨年六月の北大クラーク会館での講演で再会した恵迪寮の後輩たちからの年賀状だった。二十数年間会わずにいたというのに、学生同士だったときのまま話ができて、旧友とはありがたいものだとわたしは感激した。その彼らから来た年賀状には奥さんやお子さんたちの写真も載っていて、十八歳のときから知っている仲間が夫ならびに父親として家庭を築いていることに驚き、安心した。

わたしは昭和四十年の早生まれで、十日後の二月八日で四十八歳になる。三十六歳で作家専業になってから丸十二年になり、つまり前回の年男のときにわたしは人生の大きな転機を迎えたわけだ。巳年は脱皮の年だというから、まさにそのとおりだったわけだが、作家としてやっていけるのかどうかが心配で、年男であることなどすっかり忘れていた。

さすがに今回は気持ちにいくらか余裕もあり、干支にちなんで売られていたへびの置物やへびを描いた短冊を買った。

年末から寒さが続き、例年になく厳しい冬だけれど、飛躍の年とすべく、春に向けて力を蓄えましょう。

二〇一三年一月二十九日

二人の息子　末永く仲良く

わが家の息子たちは年齢が八つ離れている。長男が小学二年生のときに次男が生まれて、以来九年が過ぎ、二人は十七歳と九歳になった。

「ケンカはしませんね。どちらも電車が好きなんで、楽しそうにしゃべっていますよ」

取材を受けたときにはそう答えてきたが、この半年ほど兄弟でちょくちょく口げんかをするようになった。部活を終えて、夜八時半ごろに帰宅した高二の長男が弟に命令をして、

「おい、コップを取ってくれよ。それから麦茶も」と言ったりする。

小三の弟のほうでは、兄貴とはいえ家に帰ってきたばかりのヤツがえらそうにふるまうのが気に食わない。

「うるせえなあ、自分でやれよ」

「なんだと」

「ほら、やめないか」

とわたしがなだめても、おさまらない次男は、「ばか野郎！」と捨てゼリフを残して二階に上がってしまう。つまりサル山のボス争いなので、わたしはおかしくて仕方がない。もっとも、いつの間にか仲直りをして、二人でテレビを見ながらケタケタ笑っているのだから、口げんかというほど深刻なものでもないのである。
わたしにも弟がいるが十二歳も違っていたし、歳が近い妹たちとは話題が重ならなかった。だから、息子たちがふざけあっているのを見ると、なんともうらやましくなる。妻は一人っ子なので、仲睦まじい兄弟の姿にほとんど感動している。
この数年、仕事を通じて知り合いがかなり増えた。それはありがたいのだが、そのぶん仕事抜きの関係が貴重におもえて、正月に両親や妹弟、それにおいやめいたちに会って、わたしは自分でも意外なほどホッとした。
息子たちも、二人きりの兄弟なのだから、どうか末永く仲良くしてもらいたいとおもっています。

二〇一三年二月十九日

自分がいるからこそ世界はある

「おとうさんとおかあさんがいるから、ぼくが生まれたんだよね」

小学三年生の次男が学校から帰宅するなり、興奮気味にまくし立てた。

「おじいちゃんやおばあちゃんもいて、そのまたおじいちゃんやおばあちゃんもいて、だからぼくがいるんだね」

聞けば、授業で先生から家族の大切さについて教わったらしい。先祖を尊ぶのは間違いではないけれど、自分の存在を系統的にばかりとらえられると、少々忠告したくもなる。

「たしかに、おとうさんとおかあさんがいるから、きみが生まれた。でも、きみからしたら、まず自分がいることが先だよな。自分が生きているから、おとうさんやおかあさんやお兄ちゃんがいることもわかるわけだ」

おもわぬ反論を受けて、息子が真剣な顔になった。

「世界があるからきみがいる。それは一面の真実でしかない。きみにとっては、自分がいるから世界はある、でいいんだぜ」

　九歳には難しすぎるかとおもったが、翌日の夕方、ランドセルを背負って帰ってきた息子がわたしに言った。

「昨日、おとうさんが言ったことの意味がわかったよ。ぼくがいなければ、おとうさんもおかあさんも、今のおとうさんやおかあさんじゃないもんね。お兄ちゃんは一人っ子のままだしさ」

「そのとおりだ」と答えながら、わたしは息子の成長ぶりに感激した。

　わたしは主夫として、家庭を営むために日々奮闘している。息子たちにもいずれ所帯をかまえてもらいたいが、なによりも自分の人生を生きてほしい。そう願いながら、わたしは食事を作ってきたし、これからも作り続けるだろう。

二〇一三年三月十九日

「主夫のつぶやき」ボーナストラック

子離れのすすめ

わが家の長男が今年の四月に大学生になった。都内の大学なので、電車で通っていたのだが、五月初めに一人暮らしをしたいと言い出した。わたし自身も十八歳で茅ヶ崎の親元を離れているから、もとより異存はない。むしろ、よくぞ自分から言ったと、褒めてやりたい気持ちだった。もっとも、それからはアパート探しに同行させられたり、家電製品を買いそろえたりと、時間とお金を大いに使わされた。ようやく引っ越しの日が来たときには、これで解放されると喜んだほどだ。

六月下旬の日曜日、知り合いから借りたワゴン車に机や本棚やテーブルを乗せて、われわれは家族四人で下北沢に向かった。前日にも布団や食器類を運んでいたので、荷物をアパートの二階に上げる作業は小一時間ですんだ。近くのレストランでお昼を食べたあと、長男と別れて、われわれは三人で志木に帰った。

妻は授業の準備をするというので、わたしはひと休みしてから一人で買い物に出た。自転車でいつもの道を駅前に向かっていると、不意に悲しみがこみ上げてきた。

「あいつはもう、おれが作るご飯を食べてくれないのか」

夕食は青椒肉絲《チンジャオロースー》だったので、ピーマンやタケノコを中華鍋で炒めている最中にも、わたしは涙をこぼしそうになった。

普通の男親には訪れないであろう感情にとらわれている自分を客観視する余裕は、その日のわたしにはなかった。そのかわり、母もわたしが札幌に向かったときはさぞかし悲しかっただろうとおもい、これが子離れというものかと実感した。

ただし、子離れの悲しみは長くは続かなかった。一週間後の土曜日には息子が帰ってきて、諸々の書類への捺印や生活費の無心でわれわれ夫婦をさんざんわずらわせたからだ。おまけによほど空腹だったらしく、息子は晩ごはんを食べ終えたあとも冷蔵庫のなかをあさり、手当たりしだいに口に放り込むというあさましさだった。そのうち週末に帰って来ないこともあり、アパートに友だちを招いたりもしたそうで、夏休みになるころには息子の一人暮らしも堂に入ってきた。志木に帰ってきたときにはこちらが何も言わなくても洗濯物をたたんでくれて、味噌汁や目玉焼きの作り方を訊いてくる。

親離れといい、子離れというけれど、それは決して別離ではない。むしろ親子が新たな距離感を獲得する契機なのだということを、わたしも身をもって理解したしだいです。

二〇一四年九月

長生きは美徳です

妻の両親は幼なじみ同士で結婚している。共に昭和七年の生まれで、御年八十二歳になる。とくにおとうさんは元気で、いまも幼稚園の園長をつとめている。週のうち三日は自転車をこいで一キロほど離れた幼稚園に通い、夕方まで働いてくるのだから、その熱意と体力にはただただ敬服するしかない。

わたしが結婚の挨拶に訪れた二十五年前、おとうさんは母校である小学校の校長をしていた。そのころから見事な白髪で、いかにも校長先生という風貌だった。温厚を絵に描いた好人物なのだが、ストレスの溜まらない人間はいない。お酒が好きで、飲むときには一晩で日本酒一升を平らげていたという。妻によれば、忘年会等の集まりがあるとぐでんぐでんに酔っ払い、帰宅するなり玄関で沈没してしまう。

「おとうさん、起きてください。もう、情けない」と、おかあさんが泣くこともあったそうである。

校長先生は閑職のようにおもわれがちだが、実際は激務で心労も多い。在職中、おとうさんは夜中に救急車が通るたびに目が覚めたという。生徒に何かあったのではないかとの心配からで、定年退職してほどなく緊張の糸が切れたように亡くなってしまう校長先生も少なくないという。わたしたちが結婚したばかりのころ、おかあさんはそのことをとにかく恐れていた。幸い危ない時期は切り抜けて、二人の孫にも恵まれて、幸せな老後をおくっているのはなによりである。

わたしが小説家という一見派手な仕事をしているので、おとうさんは自分が平凡な人生をおくってきたと思い込んでいるふしがある。しかし、決してそんなことはない。われわれ夫婦が好き勝手をできたのも、おとうさんが泰然としていてくれたからなのだし、わたしも五十歳が近づいて、「平凡」であることがいかに難しいかもわかってきた。

いつかおとうさんに捧げようとおもっていた言葉を記して、感謝の気持ちにかえさせていただきたい。

平凡な日常には、どうやっても語れないような平凡ならざるものがいっぱい詰まっている。平凡というのは、かかえもつ平凡ならざるものによく拮抗しえてはじめて、平凡でありうるのだ。

長田弘『長谷川四郎全集第十四巻』月報「巷のオルフォイス」より

二〇一四年十月

未来の主夫たちへ

今年の六月に母校である神奈川県立茅ヶ崎北陵高校で講演をした。毎年一年生を対象に行っている「社会人ＯＢ講話」の講師をつとめてもらいたいと依頼されたからだ。

わたしの小説『ぼくたちは大人になる』（双葉文庫）の主人公・宮本達大は医学部をめざす高校三年生で、サッカー部でもエースとして活躍している。しかし、中学生のときに両親が離婚したことによる動揺を引きずっていて、そのことがもとである事件を起こしてしまう。登場人物たちも、作中で起きる事件もフィクションだが、小説を連載しているあいだ、わたしは高校生だったころの気持ちがあまりに生々しくよみがえるのに驚いたのをおぼえている。

北陵高校に到着して、案内された会場に入ると、フロアいっぱいの高校生たちが拍手で迎えてくれた。二ヵ月前に入学したばかりとあって、女子も男子も初々しくて、これならどうにか話を聞いてくれそうだと、わたしは安堵した。

面白おかしい思い出話でひとしきり笑わせてから、「ぼくは高校のあいだは勉強と部活ばかりしていました」と言うと、高校生たちが静かになった。わが家は経済状態が悪かったので、わたしは授業に一〇〇%の力で臨んでいた。家での予習復習も欠かさず、その甲斐あって、北海道大学に現役で進むことができた。

「とても嬉しかったのですが、合格通知を眺めながら、誰かが作った問題に答えるのはもう終わりにしようとおもいました。つまり、学歴に応じて企業や役所に就職するのではなくて、自分が本当にしたいことはなにかを見つけだそうと決意したわけです」

三百人近い高校一年生の熱い視線を浴びながら、わたしは学生寮での共同生活や、二十五歳から三十六歳まで従事した牛の解体作業、それに主夫であることについて足早に語っていった。

後日送られてきた感想のなかには、「勉強は、いい大学に進んで、いい会社で働くためにするのだとおもってきましたが、そうでない生き方もありなのだとわかりました」とあって、嬉しい反面、その子の将来が心配になりもした。

質問もたくさん出て、最後にわたしから生徒たちに訊いてみた。

「女子のみなさんで、将来仕事に就こうとおもっている人は手を挙げてください」

すると、ほぼ全員の女子が手を挙げた。

「おお、えらいぞ。そうです、女性のみなさんも社会に出て、大いに活躍してください。それでは、続けて女子のみなさんに訊きますが、結婚後に自分が主な稼ぎ手になって、夫が主夫になるのでもいいとおもう人」

これに三十人ほどが手を挙げた。堂々と手を挙げている子もいれば、周囲の目を気にしている子もいた。

「では最後に、男子で、自分は主夫になってもいいとおもう人」

一人もいないかとおもっていたら、四人が手を挙げた。その勇気に感激して、わたしは四人の男子と抱き合いたいほどだった。

二〇一四年十一月

銀婚式のプレゼント

わたしと妻が結婚したのは一九八九年三月だった。つまり、この三月で丸二十五年になったわけだ。世に言う銀婚式である。

そのことを女性編集者に話したら、「二十四歳でご結婚をされて、それからずっと家庭を守られているなんて、佐川さんは本当にすごいですよ」と感心された。われながらよくやってきたとおもうし、二十五年間という実績のおかげか、このところよく家族に関する原稿の依頼が来る。

先日も、初めての雑誌から、エッセイを執筆してほしいとのメールがあった。喜んでお引き受けする旨をメールで伝えると、すぐに返信メールが届いた。快諾に感謝する言葉のあとに、その方の娘さんが『おれのおばさん』シリーズの愛読者で、母娘で全巻を読破していることが書かれていて、わたしはパソコンの画面を見ながら頬がゆるんだ。

メールにはさらに続きがあり、「当誌の編集長によれば、佐川さんには奥様について書かれた『伝説のエッセイ』があるとのことですが、残念ながらそちらはまだ読めておりません。」

とのことだった。

わたしは再度メールを送り、「ご所望の『伝説のエッセイ』については心当たりがあるので、これからファクスで送信します」と伝えた。まさか、あんなものが「伝説」あつかいをされているとは夢にもおもっていなかったが、わたしにとっても会心の原稿だったので、コピーしたものを手元のファイルに入れていた。

「『妻の容貌』を拝読しました。まさに愛だと思います。奥様がうらやましいです。」

三十分ほどして送られてきたお礼のメールには最高の褒め言葉が並んでいて、わたしは苦笑するしかなかった。そこで、「まさに愛だ」と賞賛されたエッセイを再録して、妻への銀婚式のプレゼントにかえたいとおもいます。


「妻の容貌」


わざわざおおやけにする必要もないことだが、わたしの妻は美人ではない。しかし、いわゆる美人ではないとはいえ、なかなか味のあるいい顔をしていると、結婚から十二年を経たいまも、夫であるわたしはおもっている。

妻は小学校の教員をしていて、その開けっぴろげな性格と熱心な指導により、生徒や保護者、それに同僚の教員たちからも絶大な信頼をかちえている。そのことは身長百六十六センチと女性としては大柄な部類にぞくする彼女のからだから自信となって溢れ出ていて、ある独特の魅力を形づくっている。つまり、わたしは妻の容貌に不満を感じていないのである。


では、いったいなぜこんなことを話題にするのかといえば、どうもわたしの妻を目の当たりにした作家や編集者たちが、彼女の印象を口にするのに窮することに気づいたからだ。

たしかに、わたしの妻は、世の美人の規格とは縁がない。これは、彼女をこよなくしたう生徒たちのあいだでも共通認識になっているらしい。

妻は大ぶりなメガネをかけていて、彼女の平たい顔の貴重なアクセントになっているが、授業中に外したりしようものなら、「先生、旦那さんの前では絶対にメガネを取っちゃダメだよ」と忠告されるというのである。

話は飛ぶが、妻と初対面の席で、当時九十歳だったわたしの祖父は、一呼吸おいてから、「これからの日本人は大きくなくちゃいかん」と言って、妻と握手をしてくれた。孫の嫁をなんとしても褒めようという気持ちがうれしくて、わたしは感激してしまった。

男性のみなさん、もっと女性の褒め方を増やしましょう。


「朝日新聞二〇〇二年二月四日夕刊〈時のかたち〉」

二〇一四年十二月

主夫と対談

対談その1

妻・鈴木乃里子×主夫

Q. お二人の馴れ初めからおうかがいします。

佐川さん　ぼくたちが結婚したのは一九八九年だから……二十五年目に入りました。結婚生活を三つの時期にわけると、最初は乃里子さんが芝居をやりながら埼玉大学の近くにあるアパートで暮らしていた一年間くらい。そのあと、ぼくが牛の解体の仕事を始め、乃里子さんは教員を始めて、長男の三四郎が生まれるまでの五年間くらい。このときは、浦和市本太のアパートで暮らしていました。それから三四郎が生まれてすぐに志木にある乃里子さんの実家に移ってから十八年になるのか……とまあこんな感じでしょうか。最近は晩婚の夫婦が多いから、「およそこんな人生を共に生きていくんだろうな」と先が見える人たちもいるだろうけれど、われわれは全く予想がつかなかったな。結婚当時、ぼくは大学を出たてだったし、自分自身すらどうなっていくのか皆目わからなかった。

乃里子さん　わたしは女子高出身で、大学は共学でしたけど、自分が結婚するなんて考えたこともなかった。みっちゃんに出会ったのは、わたしが旅芝居でたまたま札幌巡業に行ったときでした。所属していた劇団が、テント芝居で日本縦断しようという構想があり、地方に人間関係を作るために全国を大道芸巡業していたんです。あの日は大通公園で公演したあと安宿を探してさまよっていたのでした。北海道大学の恵迪寮はたしか一泊二四〇円だったかな？　まったくお金がなかったのでほんとうにありがたかった（笑）。

佐川さん　あのころは年に何百人も恵迪寮に泊まりにくる人がいてね。バックパッカーとか、他大学の学生とか、とにかくよく泊まりにきたよね。

でも、ただの安宿だとおもわれては困るんで、寮生からの酒のさそいは断ってはいけないというシバリをつけていたんだ（笑）。

乃里子さん　四月に入ったというのにとにかく寒くて……。

佐川さん　当時の寮の執行委員長が、六年目の古株のぼくに「佐川さん、こういう劇団の人たちが北大の演研づたいに来ていますが、泊めてもいいですか？　女性もいるんですけど」とうかがいをたてに来た。当時、恵迪寮は男子寮で、基本的に女人禁制だった。ただ、来るものは拒まずという気概もあって、ぼくは「自分の身は自分で守ってもらうということなら、泊まってもらっていいんじゃないか」と答えたんだ。そしたらそいつが「じゃあ、佐川さんの部屋に泊まってもらいましょう」（笑）。誤解のないように断っておけば、恵迪寮は十人単位で暮らしているから、ぼくの個室にこの人だけを泊めたわけじゃないからね。

乃里子さん　わたしたちは六人だったかな。一週間くらい泊めてもらって、毎晩飲んだり話したりするうちに、みっちゃんのことが「ああいいな……」と。ひと月後の五月にもう一度テント芝居で札幌を訪れたときには「この人とずっと一緒にいたい」とおもっていました。でも「ずっと一緒にいようね」と結婚したはずなのに、すぐにテント芝居の巡業に出かけたので十ヶ月以上置き去りにして。

佐川さん　結婚したい気持ちと芝居を続けたい気持ちが共存して、どっちが自分なのかわからなくなっていたように見えたよ。酔っ払って階段から落ちて頭に怪我して帰ってきたりして、とにかくジタバタしていたよな。

乃里子さん　たくさん迷惑をかけてきたうちの、あれが第一発目でした（笑）。今から考えてみると、芝居の制作や準備でお客さんを集めたり色々な人と会うことはとても好きだったけれど、役者としてはもう大根もいいところだったし……。両親が教師の家で育ったから、やっぱりどこかに「教師になりたい」という思いも捨てきれずにいるいっぽう、もっと別のことができるんじゃないかってすごく葛藤していた。

佐川さん　日本縦断の旅芝居から戻ってきたあとに体調を崩して、医者に「このまま続けると腎盂炎やらいろんな病気を併発する」と言われていたね。

乃里子さん　それでも「大丈夫！」って強がって続けたけれど、ついに体に無理がきて劇団をやめました。劇団をやめて働くならやはり小学校の教員、それも障害児学級を受け持ちたくて、いまに至るというわけです。

Q．夫婦の役割はどのように決まっていったのでしょうか。

佐川さん　ぼくらの世代は全共闘運動のシッポを引きずっていて、学生寮やアングラ劇団なんかはとくにその傾向が強かったとおもう。日常と非日常を対立的なものと捉えて、ごく普通に生きてゆくことを批判するようなところがあった。でも、ぼくら夫婦は、日常と非日常を区別することが意味を持たないような場所として、屠場や障害児学級に入っていったようにおもう。「市民生活に復帰した」かどうかは定かではないけれど、自分たちの夫婦関係はひとつの実験であり、生き方を発明していかなくちゃならないとおもっていたね。

乃里子さん　いろいろと手探りでしたね。

佐川さん　最初は埼玉大学近くのアパートに住みました。

乃里子さん　六畳間が三つ縦に並んだ、うなぎの寝床みたいな家で。

佐川さん　そうしたらぼくは上司とケンカして、勤めていた出版社を一年で辞めてしまうし、妻は旅芝居に行って帰ってこない。アパートでぽつーんとひとり、「こりゃ困った。このあとどうして生きていこう」と考えていた。で、ひらめいた。ああ、ぼくにもようやく人生の勝負どころがきている、と。それで牛の解体の仕事、屠場に行くわけだけど「乃里子さんは反対しないだろう」という確信のようなものがあったな。

乃里子さん　信用している相手が選ぶ道だから、反対しようとはもちろんおもわないですよ。みっちゃんは当然自分の選択に責任を持つでしょうし、わたしも自分の学級のことは頼ろうとはしていないですから。人生を懸けて選ぶことに、本人以外が何か言うべきではない。それは夫婦であろうと何であろうと同じなんです。

佐川さん　屠場という、たまたま目の前に開いた扉に入ってみたら、おもいがけない世界がそこに広がっていて……。あとは、鈴木のおとうさんとおかあさんが、ぼくら夫婦のことを黙って見守っていてくれたことが大きかった。ぼくの両親もだけど、「一生懸命生きている」ことだけは理解していただろうから。

ところで、乃里子さんのご両親はぼくが屠場に行くことを本当に何も言ってなかったの？

乃里子さん　わたしは女性解放なんかやっていて口が立つほうだったけれど、世間知らずなどうしようもないドラ娘でした。芝居芝居芝居…とのめりこんでいたから、親も娘の結婚を諦めていたみたい。その娘が北大出身のピカピカな男性を結婚相手として連れてきて、やがて芝居もやめて教師になって……どんどんまともな思考になっていくので、「良い相手だ」って感謝こそすれ、反対なんてひとつも言わなかったです（笑）。とにかく、屠畜の世界に入るときは怪我の心配だけしていたみたいでした。

佐川さん　おとうさんからはぼくがふしぎな人間に見えていただろうけれど、自分の尺度で測れない人を見ても放っておいてくれたのが、とにかくありがたかった。教員を長く勤められていたから、色々な人を見てきていたんだろうな。

それから、同棲から始めるんじゃなくて、結婚式らしきものを挙げたのもよかったとおもう。夫婦別姓だったから籍は入れなかったけど、お正月に両方の家に挨拶に行って、おじいちゃんおばあちゃんのところにも行って、親戚のみなさんを招いて結婚祝賀会をひらいた。「ぼくたちはこれから二人でやっていきます」と宣言したのは、とてもよかったとおもうんだ。

乃里子さん　わたしなんて世間知らずだから「え～結婚式なんてナンセンス……」とかおもっていたけれど、大事なことなんだってみっちゃんが言ってくれたんです。「そんなに言うならまあやってみようかな」と。考え方が軟弱だったんです。でも、結婚式でいきなり気のきかない嫁だということが露呈されて、ひんしゅくもかいました（笑）。みっちゃんのおかあさんがずいぶんかばってくれて……。

佐川さん　ぼくはうちのきょうだいやいとこたちの中でいちばん早く結婚したから、久々によその人が親戚に加わるということでみんなずいぶん嬉しかったみたいだよ。乃里子さんは話しやすいし。亡くなったおじいちゃんやおばあちゃんともよく話していたね。

乃里子さん　自分たちで招待状を作って、親戚に配って。結婚式というよりも祝賀会でしたね。そのときも、両親からは「こういう式にしろ」とは言われなかったなあ。

佐川さん　念のために断っておくと、長男・三四郎の出産を機に入籍して、苗字は乃里子さんのほうの「鈴木」を選択しました。だから、「佐川」は旧姓で、「佐川光晴」は筆名です。

Q. 佐川さんたちのご両親とちがって、反対や干渉をする親を持つ人はどうしたらいいでしょうか。

佐川さん　それはもう、親との関係は最小限にとどめて、自分の子どもを自由にさせるように心がけるしかないとおもう。両親から受けた負の影響を次の代に持ちこさないようにすることが、人間のできる精一杯の努力なんじゃないかな。そもそも親でも夫婦でも自分以外の人間を変えるなんて無理です。この人なんて、歯磨きをしているときにしゃべらないでくれって何回言っても直りゃしない（笑）。ご飯を食べるときに箸じゃなくてひじが動くのも。

乃里子さん　となりで食べている息子に肘鉄をくわらしちゃうんです（笑）。脇しめて！っていつも怒られてます。

佐川さん　一世代の時を経て、一つでも悪い点が改善されたらそれはもうすごいことですよ。

乃里子さん　二十五年も一緒だと、親戚との付き合いや生活の中で「ああ、いつもみっちゃんはこういうことを言ってくれてるんだな」と実感します。

佐川さん　と言っても、息子たちに全く口出ししないという自信もないんだよなあ。三四郎や十葉《とわ》がどんな人と結婚するのかはすごく気になるとおもう。「あの人はやめたら？」なんて言わないともかぎらない。ちなみに長男の「三四郎」という名前は乃里子さんが三十四歳で産んだことによります。「十葉」は、「鈴木」という木に葉っぱがたくさん、というイメージです。

乃里子さん　三四郎も十葉もみっちゃんがすべて家事をしているのを見て育っているから、結婚したら家事をするとおもう。でも、もし三四郎や十葉だけが家事をしていたら「奥さん、助けてやってよ」と言いたくなるだろうなあ（笑）。そうおもうと佐川のおかあさんには本当に申し訳ない。わたしが全く家事をしないことを責めずに「乃里ちゃん、お仕事大変ね」って気遣ってくれて、しかも特別支援学級の子どもの話も聞いてくれて。

佐川さん　ぼくの母親は女の人が社会に出て働くことをいいことだと考えているし、ほんとうは自分だって働きたかったとおもっているみたい。だから、乃里子さんが働いていることを応援するのはやぶさかでないようだよ。

Q．乃里子さんのお母さんは教員であり主婦でもあったということです。

乃里子さん　母は父方の親戚の世話もずいぶん若くからしていました。父の姉に障害があり、世話が大変だった記憶があります。

佐川さん　乃里子さんのご両親は教員だったから、教師がどんどん忙しくなっていることを知っています。だからぼくが主夫をやることも、それで娘が助かるならばいいじゃないかと受けとめてくれたんですね。それから、おかあさんも料理がお好きではないようなので、ぼくが料理を作って持っていくととても喜んでもらえた。おとうさんは、「光晴さんの作るごはんはうまいよなあ」と褒めてくれました。

乃里子さん　本当に一族でお世話になってますね（笑）。わたしも母と同じで料理がまったくダメで……ごめんなさい‼

佐川さん　でも、乃里子さんは裁縫や図工やピアノは得意でしょ。結婚当初は、シャツやズボンを作ってくれたし、大宮の屠場で働いてるあいだは毎朝おむすびを持たせてくれました。

乃里子さん　とにかく母は忙しかったので、いかに手早く料理をするかという家庭環境だったんです。父方の親戚も含めて九人で暮らしていて、家族全体の世話を母がひとりでみていました。時間的な余裕がなくて、出来合いのものを食べることが多かったから、ゆったり時間をかけて食事の用意をするという風景を見て育たなかったんです。みっちゃんのおかあさんが工夫を凝らしたコロッケを揚げたり、冷蔵庫の中をみて「さあ何をつくろうかね」と〝おふくろの味〟をふるまう様子をみて、うらやましかったなあ。

Q．佐川さんが作家になると決めた時、どんな気持ちでしたか。

乃里子さん　うーん……。

佐川さん　乃里子さんがいちばん心配していたのは、ぼくが物書きになったらしょっちゅう飲みにいってご飯を作ってくれなくなるんじゃないかってことだったんじゃない？

乃里子さん　どうしてわかるの？　わたし、本当にずるいですよね（笑）。でもみっちゃんが作家になって収入が不安定になることはまったく気にならなかった。小さいころから母を見ていたので、女も自分の食いぶちは自分で稼ぐことが当たり前だとおもっていましたし、男の人になんとかしてもらおうとはおもいませんでした。だから、物書きになることもそれはわたしの問題ではないと。反対に、みっちゃんが専業主夫という想定もあり得ません。成人した大人が稼がないということがわたしの想定外なんです。ただ、この考えは押し付けません。わたしが教えている特別支援学級の子どもたちを見ていても、障害を持っていて働くのに苦労するだろうな、というのはありますし。

佐川さん　ぼくは自分がそうしているように、乃里子さんは乃里子さんの人生を送ってほしいとおもっている。ぼくのために尽くしてくれとはこれっぽっちもおもわない。男の人に尽くして女の人が変にヒステリーになってしまうことがよくあるけど、それだけは絶対にいやだった。そうなるくらいなら、家事も子育ても自分が受け持って、乃里子さんが持っている能力を伸ばしてくれるほうが世の中のためにもなるし、本人も気持ちよく生きていけるはずです。それで結構上手くいっているというところです。

乃里子さん　みっちゃん、ありがとう！

佐川さん　日本の社会は圧倒的に男が有利です。だから、わが家でもある意味の〝男尊女卑〟で男のほうがなんでもできるんだということで家事をぼくがやっているわけですね（笑）。

乃里子さん　「女はバカだからなあ〜」って言って、全部やってもらっている（笑）。

Q．佐川さんが家事をはじめたのは、いつごろからですか。

佐川さん　屠場の仕事をはじめたころです。朝は早いけれど、午後三時には家に帰って来られましたからね。屠場の仕事について詳しく知りたい方は『牛を屠る』（双葉文庫）をお読みください。最初から家事全般を引き受けていたわけではなく、帰り道に買い物をして、家に着けば洗濯物をたたみ、夕飯を作るという程度でした。長男の三四郎が小さいときには、ぼくが土日に遊びに連れて行って、そのあいだに乃里子さんが家中の掃除をしていました。教員の仕事は本当に大変なので、ぼくが受け持つ家事の範囲は年々増えて、今に至っています。

乃里子さん　忙しくて結婚しない先生が多いんです。みんな遅くまで学校に残っている。それでもなんとか夜七時ごろにわたしはソロソロと「すみませ～ん……」って恐縮しながら家に帰ってくるんです。でもそれっておかしいなとおもいます。そうじゃない働き方に変えていかないと、子どもを学校にあずけるお母さんたちの気持ちもわからなくなってしまう。七時に帰って九時に息子と寝ても、結局は深夜の一時くらいに起きて朝まで仕事をしなくては追いつきません。教員としてやりたいことがあるからしょうがない。

Q．お母さんが忙しくて家にいる時間が少ないと、子ども達はお父さんのほうになつくのでは…。

乃里子さん　三四郎が高校に入るとき、わたしには息子たちと築き上げてきたものはなにもないと感じて愕然としました。

佐川さん　何もないってことはないでしょ。

乃里子さん　だってみっちゃんが北海道に泊まりがけで講演に行くとき、息子たちは半泣きになって見送るじゃない？　だけどわたしが懇親会で一日出かけるときはゲームしながら「あ、いってらっしゃい」だって（笑）。でも、あたりまえですね。息子たちからしたら、お母さんが仕事を投げ打ってまで自分にしてくれたことは何もありませんから。息子たちが熱を出したときも、授業参観のときも、「障害児学級の子たちには担任のわたしがいないといけない」って、すべてみっちゃんに任せっきりでした。すべてを妻に押し付けるサラリーマンのお父さんと同じ！

佐川さん　ぼくのほうはおかげさまでやることが増えて能力が高くなります（笑）。

乃里子さん　たま～に保育園に息子を迎えにいっても、「誰のお母さんですか？」と保育士さんに言われたときは、ひきつりましたね。そこまで何もしてないのか…と。

佐川さん　でも、十葉と寝るときによくお話ししてるじゃない。まだ小さいから乃里子さんによく甘えているし。

乃里子さん　それで寝る前に読み聞かせをしようとおもっていたんですが、途中で自分が寝ちゃうんです。息子からたちは「このページがくるとお母さん寝るよ」とか言われて（笑）。だめな母親です。

Q．これからのお二人の展望を教えて頂けますか。

佐川さん　息子たちを見ていると〝自分が増えている〟という気持ちになる。男同士のせいもあって、自分がもう二人増えて、しかも若くなって、色んなことを経験している。小説の中で登場人物たちが成長していくのも楽しいけれど、今は息子二人がたくさんのことを吸収するのを見ているのがやっぱり幸せだなあ。

乃里子さん　わたしは最初に特別支援学級を受け

もったあと、しばらく通常学級の担任をしていました。でももういちど特別支援学級をやってくれないかと頼まれ、だいぶ悩みました。通常の学級でやりたいこともありましたから。みっちゃんに相談したら「やればいいさ。あなたを先生らしくしてくれたのも特別支援学級の生徒であり、保護者の方だったんだから」と言われてすごく納得して、特別支援学級に戻ることができました。

佐川さん　そうだったね。

乃里子さん　保護者の方から、「どうして特別支援学級に戻ったのですか」と聞かれて、なんと答えたらよいかわからなかったんです。ちょうどそのころみっちゃんも児玉清さんとの対談で「どうして屠場で働いていたんですか」と質問されていて、「拒まなかったからだ」と答えたのを見たとき、その答えがストンと自分にも入ってきました。「自分が特別支援学級をやっているのはそれを拒まなかったからだ」と納得できたんです。自分の人生に関わる重要な決定をするときの基準や選びとるものが一致している限りこれからも一緒にやっていけるとおもう。この人は実直で、絶対にズルをしないし、わたしもドン臭くてもズルはしない。そこが絶対的に共通だから、夫婦でいられる。

佐川さん　そろそろ子育ても終わりが近づいてきたけど。まだこれから先のことはわからないなあ。でも『おかえりMr.バットマン』（河出書房新社）の中でシュミレーションをしています。あの作品は一人息子が家を出て、主夫をしてきた男性が女房にいっさいご飯を作らなくなるという話です。

乃里子さん　あれを読んだときは「こういう仕返しもあるんだ！　やられた！」とおもいました(笑)。

佐川さん　本当に子どもが家からいなくなることがどれほど淋しいことかは、その状態になってみないとわからないね。

乃里子さん　これまでは「十八歳になったら自立

してもらいましょうね」と夫婦で言っていましたが、いざ現実が近づくと動揺しますね。みっちゃんのおかあさんが「光晴が南米に行っているあいだ円形脱毛症になった」と言っていたことが思い出されます。子どもの生活が軌道に乗るまでは心配するでしょうね。

佐川さん　自分のことを思い返してみても、十八歳で家を出てからその先二十年間くらいはどうなるか本当にわからなかった。いっぱしの人間になるには、この世界でそれ相応の目に遭わなければならないんだ。だから息子たちにも大変な目に遭ってもらいたい。それを乗り切るくらいの力は仕込んであるはずだとおもっているからね。それでもどきどきするな。息子たちがなんとか社会に体当たりしていって、次の代につなげることを楽しみにしています。これからですよ。

鈴木乃里子（すずき・のりこ）
一九六一年十月十六日生まれ。埼玉県志木市出身、県立川越女子高校　埼玉大学教育学部卒業。「劇団どくんご」の創立メンバー。現在は小学校教諭。

対談その2

主夫・佐久間修一×主夫

Q．まずは、主夫になったきっかけなど……。

佐久間さん　実は、ぼくは佐川さんの大学の後輩です。

佐川さん　えっ⁉　それは驚いた。北大の恵迪寮にもいらしたのですか。

佐久間さん　はい、ぼくは途中で出てしまいましたが、寮の自治委員長の佐川さんのお名前は当時から聞こえていました。

佐川さん　そうでしたか！　いやあ、二重に驚いた。なんだか、急に親しみを覚えてしまう（笑）。

佐久間さん　先輩、よろしくお願いします‼

佐川さん　専業主夫になったのは、お子さんが生まれてからですか。

佐久間さん　いいえ。少し複雑ですが……結婚して半年くらい過ぎたころ、ぼくがサルコイドーシスという難病に罹っていることがわかったんです。結婚半年でこれじゃあんまり妻に申し訳ないとおもい、ぼくから妻に「離婚してくれ」と離婚届を差し出して。そのまま死のうかな、と考えていたんです。ところがそれを見るなり妻は「ふざけるな！」とぼくをおもいきりグーで殴った。振り返って妻の顔を見ると、大泣きしていました。その場で二人して何時間も泣きじゃくって……。妻は「とにかく家にいて体を休めてくれ、わたしが稼ぐから」と。

佐川さん　殴った奥さんは偉いですね。夫のおもいつめた考えを察していたのですね。

佐久間さん　妻のその言葉から、ぼくの主夫生活は始まりました。ぼくが三十歳、妻が二十三歳のときですから、勢いもあったのでしょうね。それでもなんとか体をケアしながら働けないかとしばらく悪戦苦闘したのですが、やはりおもうようにはいきませんでした。

佐川さん　はじめ、主夫という立場に葛藤がありましたか。

佐久間さん　新婚当時、江東区亀戸に住んでいて。下町ということもあったんでしょう、ご近所からは「昼間に若い男がうろついている」と変な目で見られ、知らないおじいちゃんに道ばたで「穀潰し」と罵声を浴びさせられたこともあります。

佐川さん　えっ！　そんなことを言われたんですか。そういえば、ぼくもネットで「佐川光晴は教員の女房に食わせてもらっているヒモ作家」と書かれていたことがあるなあ。

佐久間さん　穀潰しですよ、「ごくつぶし」。家に帰って辞書で「食べるだけでなんの役にも立たないもの」と意味を再確認し、「ああ、そうか、いまの自分の状態を世間では穀潰しとおもわれるのか」なんて、一瞬しみじみしてしまいました。はじめはそういう扱いをとても腹立たしくおもいま

した。でも、そうしている間も妻は元気に働いて、そばにいてくれて。感謝の意も込めて、だんだん「妻のバックアップに徹しよう」という気持ちになっていったんです。周りに何を言われようと、他人様に迷惑かけなければいい、自分たちの生活は自分たちで守ろう、と。妻の支えに徹することを決めたとき、金髪にしました（笑）。

Q．ご近所との付き合いはどうでしょう？

佐川さん　亀戸のような下町には、よそからポッと移住してくる若い夫婦はあまりいないのでしょうか。

佐久間さん　ぼくらの住まいはちょうど亀戸天神の真横のあたり、昔ながらの下町で、古くから住んでいる民家が多い場所でしたから、新参者はあまりいなかったとおもいます。十年くらい住みましたが、最初のうちはまるっきり「よそ者」扱い。面白いことに、金髪にすると怪しまれてかえって

人が寄り付かなくなり、心ない言葉を浴びることも減りました。いい防御策だったのかも。

佐川さん　ぼくは、女房の実家に入ったんです。古くからその土地で教師をやってきた家で、おとうさんは小中学校の校長先生も歴任しています。女房も教師です。おとうさんは憲三といいますが、「憲三先生ん家の乃里ちゃんのだんなさん」ということで、ご近所の方からは「なんとなく大丈夫な人だろう」というぼく自身への認識を持たれていたようです。出版社をやめてから、屠畜場で働きはじめ、午後三時には家に帰って子どもと遊んでいました。とうぜんご近所から不思議そうな顔で見られることはあっても、根本的な身元保証は「憲三先生の家のお婿さん」ということで納得されていたのです。いやあ……世の中の奥深さや、包容力なんかをいろいろと肌で感じましたね。

佐久間さん　ぼくもやっぱり、妻の生まれ育ったあたりでは「きよちゃんの旦那さん」ということで、必要以上に何か聞かれることはありませんでした。いまは核家族が多いですが、昔ながらの大家族が秩序をもって形成を続けてきた理由には、ちょっとした異端児が家族に入り込んでも受け入れてくれるおおらかさがあったんじゃないかな、とおもいます。『男はつらいよ』の寅さんもそうですよね。いまはその秩序が壊れてしまったんでしょうけど。

先日、主夫として講演を行うため大学へ招かれたんです。そこで、若い女性の考えかたがずいぶん両極端になってきている、と感じました。将来はキャリア路線でがんばってみたいと考えている女子大生のなかには、二十歳にしてすでに結婚と子育てをほぼあきらめている子もいます。

佐川さん　そういう方、多いようですね。

佐久間さん　いっぽうで、まったくの専業主婦志向で、それなりに顔が良くてそれなりに収入の高い男性と結婚できればいいという女性がとても多いんです。

佐川さん　簡単には答えの出ない話ですね。

Q．この辺りは、昼間お子さんを連れているお父さんはいますか。

佐久間さん　あまり見かけません。でもここ足立区は、わりと子育て支援がしっかりしているので、それを聞きつけた若い夫婦が増えているようです。

佐川さん　なるほど。最近はネットやいろいろなもので区ごとの支援度合いをしっかり調べて住む場所を決める夫婦が多いのですね。横浜も、待機児童をゼロにしたというので評判になり、居住者が増えてけっきょく待機児童が増えたと聞きました。そういうふうにフットワークが軽い夫婦が増えているのでしょう。ぼくは埼玉の志木に住んでいますが、以前に比べて小さい子どもを連れて歩くお父さんが増えてきたような気がします。みなさん、なんとな～く心細い顔をしていますが（笑）。

「あの人はなにをしているか詳しくわからないけれど、悪い人じゃなさそうだよ」とおおまかに理解されている人が世間に増えるのはいいことだとおもいます。そのうちのひとつとして主夫もあればいいのではないでしょうか。

佐久間さん　ぼくは、自分のパートナーにも主夫という選択肢があるということを、女性に知ってほしい。「男は働かねばならない」という決め付けは、実は男の人自身が思い込んでいることが多いのです。「そうではない」と女性側が気づかせてあげるのもいいとおもう。ぼくは、妻に病気を打ち明け、一発殴られて「生きていればなんとかなるんだから、家庭に入りなさい」と喝を入れてもらえて救われた。その時はまさか自分が子どもを持てるとはおもいもしませんでしたが、実際に子どもができると大変ながらもほんとうに幸せで……長生きがしたくなりました。この子が大きくなるまで見守ってあげたいと世界が広がった。

女性にとって、パートナー選びは本当に大事だとおもいます。場合によっては、前もって相手に主夫業を仕込んでおいたほうがいい（笑）。極論かもしれませんが、男性は女性に家のことをなんでもさせてきた歴史が長いぶん、これからは女性に尽くしたほうがいいのです。

佐川さん　ぼくはそうはおもわないな（笑）。ぼくの女房は家事はてんで駄目ですが、裁縫だけは得意です。そこは彼女の領域です。そういうふうに、できることを、できる人が役割として担えばいいとおもう。

Q．家事をすることはどう考えていますか。

佐久間さん　奥さんも料理くらいはできてほしいな、とおもいますか。

佐川さん　料理に関してはぼくとの差が開きすぎていますから、いまさらどうしようもないだろうなあ（笑）。妻はね、「まかないメシ」というものが作れないんです。世の主夫や主婦は、子どもが「お腹すいた！」と叫んだら、冷蔵庫の中にあるありあわせのものでパッと美味しいものを作るでしょ、チャーハンなりうどんなり。「しらすもあるから入れよう」とかアレンジしたり。だけど慣れない人は材料をすべてきっちり用意しないと料理が始められないようです。手料理もふくめ、ぼくは、男女の性別というよりはじぶんの母親がしてくれたことを子どもにもしてあげたいという気持ちを大切に、毎日の主夫業をしています。

佐久間さん　佐川さんは、主夫を楽しんでいらっしゃいますね。

佐川さん　楽しくてしょうがない（笑）。お料理は、主夫になってから始められたのですか。

佐久間さん　じつは、高校時代に小料理屋で働いていたことがあり、調理師免許をもっているくらい、得意なんです。

佐川さん　それは、主夫の武器ですよ！

佐久間さん　料理だけにかぎりません。ぼくの奥さんは典型的な末っ子というかお嬢様で、世話やきタイプではありません。逆にぼくは弟妹もいて世話やきですから、家の中では完全にお手伝いさんです（笑）。子どもができた時も、「子どもはしっかり産むから育児はぜんぶ任せたよ」とバトンを渡されました。ぼくが産めればどんなにいいか……でもそれだけは叶いませんからね。

佐川さん　赤ちゃんのときは、奥さんはおっぱいをあげたのですか。

佐久間さん　あらかじめ二人で計画して、三ヶ月間はおっぱいをあげてもらいました。その間、赤ちゃんに慣れさせるために、ぼくのほうでも哺乳瓶でミルクをあげて。

佐川さん　その期間は奥さんとの協働育児だったのですね。

佐久間さん　妻は出産して二ヶ月後にはもう職場復帰しました。仕事から帰ってきて、ぼくが泣いている息子をあやしている脇で、「お腹すいたー」なんてぼやいていましたね。

佐川さん　イラッとこないのですか？

佐久間さん　ぼくも必死だったので、そんなこと考える暇もなかったです。

佐川さん　（笑）。子育てに悩んだときはどうしていますか。

佐久間さん　足立区の子育てサポーターに登録しているので、そこで話を聞き合ったりしています。今年はおもいきってベビーシッターの資格も取るつもりです。

佐川さん　ほう。どんなことができるのですか。

佐久間さん　全国ベビーシッター協会という団体の認定を受けると、ベビーシッターを必要とする家庭に派遣されることができるんです。男性ベビーシッターという肩書を活かして何か活動ができないかな、と目論んでいます。

佐川さん　積極的ですね。主夫友達も多いでしょう？

佐久間さん　主夫友達というより、地域の子育てに関わりたくて、足立区の子育てサークルを自ら立ち上げました。絵本の読み聞かせなどをしています。ぼくにとっては、ほかのお父さんやお母さんと話ができる貴重な場所です。それでもやはりお父さんの姿はめったに見ません。

佐川さん　お姑さんとの関係はどうですか。

佐久間さん　主夫になった当初は、まったく理解してもらえませんでした。「うちの娘はおかしくなってしまったんじゃないか」とご近所に相談するほどだったようです。

佐川さん　いまは変わりましたか。

佐久間さん　結婚十年目のころ、お義母さんが親族にぼくの愚痴をこぼしていると「それでもあの夫婦は十年間もがんばって続いているじゃない」と言われたらしいんです。そのひと言でで、はっとしたそうです。ある日、急に妻の実家に呼ばれ

て「あんた、これ食べなさい」と手作りの煮物をふるまわれました。それがあんまりにも美味しかったものだから「お義母さん、こんなに美味しい煮物は食べたことがないです」と言ったら、作り方を教えてくれました。「まさか婿に料理を教えることになるとはねえ……」と笑っていました。人の心を動かすには、十年かかるということです。

Q. 全国の主夫にエールをお願いします！

佐川さん　主夫はまだまだ珍しい存在なので、堂々とできなかったり、苦労も多いかもしれません。ただ、あるときからはうまく開き直ったほうがいいとおもいます。開き直ることができれば、土地のことや、さまざまな世代のことを見る目もできてくるし、とても多くのことを吸収できている実感が持てて、嬉しいもんです。女性の場合、最初から決めつけられたように「主婦をやって」と言われるのは嫌かもしれないけれど、ぼくたち

主夫は、それぞれのきっかけで「たまたま」主夫を選んだらじつに楽しかった、とてもラッキーな人です。女性がキャリアを勝ち取るのと同じように、ぼくたちは家庭を勝ち取った。

さらに言うと、キャリアを勝ち取るより、家庭生活を勝ち取るほうが強いんです。キャリアを勝ち取ったとしてもいずれ先細っていく、と感じた女性たちは、さきほどの女子大生たちのように専業主婦志向になっているのでしょう。どちらがいいかはわかりません。だから、ぼくたち主夫は、キャリアを放り出したふりをして、じつは大きな大きなキャリアを手にしていると考えればいいんです。とっても楽しい〝キャリア〟を。

佐久間さん　それを多くの男性が手にするためには、やっぱりパートナー選びが大切になってくるでしょうね。キャリアと家庭、それを夫婦で補完しあえるような相手が必要です。

佐川さん　女性もこれからますます大変になってくるでしょう。昨今のように、「キャリア」「家庭」の二択で進んだ結果、キャリアはやっぱりつまらないから降りたい、となる可能性がある。その時、ほんとうに自分の人生をかけて得るべきものとは何なのか、考えざるをえないでしょう。「できるサラリーマン」の女性版を目指すのとは、また違いますから。

反対に男のほうは、補完し合える夫婦関係を目指すためにも、生き方のヴァリエーションのひとつとして、主夫を選択する人が増えるといいですね。決意と挫折と葛藤は大きいけれど、みなさんがおもっているよりもずっと楽しく生きられます。

佐久間修一（さくま・しゅういち）
二〇一二年より専業主夫、一児の父として活躍。妻はグラフィックデザイナー。主夫ネットワーク「レノンパパ」、NPO法人「ファザーリング・ジャパン」のメンバー、足立区の子育てサークル「あだっちパパ」代表。金髪がトレードマーク。

料理をするときに心がけていること及び献立日記――「あとがき」にかえて

　もう二十年以上も食事を作り続けているので、面倒くさいとか、妻に代わってほしいといった気持ちは、ほぼおきなくなっています。長男の三四郎は大学生になり、次男の十葉も小学五年生になりました。本書に収録されている「主夫のつぶやき」の連載を始めた三年前と比べると子育てにかかる手間はかなり減っていて、この一年ほどは時間的にも、精神的にも、そこそこ余裕ができています。

　小説ですと、数週間かけて書いた数十枚の原稿がまるきり失敗に終わることもありますが、料理はまず間違いなく食べられるものができあがります。おまけに子どもたちと妻が喜んでくれるのだから、精神衛生上もはなはだよろしいのです。

　わたしは文筆をなりわいとしているため、一日の時間配分は自由に決められます。数日、根を詰めて働いて、原稿を仕上げた翌日は日がなビーフシチューを煮たりします。丸一本分の大根の面取りをして、ブリのあら煮を作ることもあります。忙しくてどうにもならない日こそ食べて英気を養わなければならないので、キャベツをちぎり、ニラをざくざくと切って、新鮮な豚レバと一緒に中華鍋で炒めます。ガスの火によって熱せられるのは食材だけではありません。中華鍋をふっているわたしも身体の芯まで火が通るらしい。エプロンをといてテーブルについたときには、肩こりや腰の痛みもとれているというわけで、料理をするのはまさに良いことずくめです。

夕飯のメニューを決めるのは、たいていその日の朝です。子どもたちからのリクエストがあっても、スーパーの売り場を見ているうちに献立を変えることがあります。はしりのグリーンピースや空豆を見つけると、豆ごはんにしたくなって手が伸びるし、北海道産の秋鮭の切り身も買わずにいられません。

わが家では、その日に作ったものを、その日のうちに食べていて、常備菜はほとんどこしらえません。わたしは漬け物が好きなので、ぬか床作りに挑戦しようとおもったこともありますが、そこまでがんばるとかえって気持ちが折れそうな予感がして、やめにしました。梅干し造りや味噌造りも、同じ理由で挑戦していません。

多くの女性と同じく、わたしの料理も母の料理がベースになっています。いや、「料理」と限定するよりも、「母が食べさせてくれたもの」といったほうがしっくりきます。

母がおやつにくれた和三盆の干菓子に、この世のものならぬおいしさを感じたのは、五つか六つのときでした。十歳のときに、都内のレストランで円柱状の「ヒレカツ」を食べさせてもらい、いつもの平べったいトンカツとの味の違いに驚愕しました。と同時に、そんな料理を知っている母に戸惑ったことを鮮明におぼえています。

かつお節をよく削るのも、母のまねをしているのです。一日活動したあとなのだから、晩ご飯はもりもり食べられます。でも、朝ご飯はそうはいきません。小学生だったわたしの食が進まずにいると、母はかつお節を削り、もみ海苔とちぎった梅干しと一緒にごはんにのせて、醬油を軽くふりました。もちろんいまでも大好物で、わたしも息子たちのために、朝からかつお節を削ることがあります。

家に帰れば母がいて、おいしいごはんが待っている。この一事こそがわたしを支えたので、われわれ夫婦の家庭においては、夫であるわたしがその役目を担っているわけです。

子どもは手をかけた料理も喜ぶけれど、ありあわせのものでこしらえた「まかないメシ」も大好きです。焼きおむすび、肉うどん。しらすチャーハンに鮭チャーハン。前夜の残りの麻婆豆腐を具にした焼きビーフン。ミートソーススパゲティーにナポリタン。土日の昼や、夏休みのお昼に何度作ったかわかりません。

料理が上手くなってくると、食器にも目がいくものです。八年ほど前、スパゲティーやハンバーグを盛れる洋皿を買おうと思い立ちました。それまで使っていたお皿が割れて、元は五枚組だったものがとうとう二枚になってしまったからです。しかし妻は仕事が忙しく、子どもたちも小さかったので、休日にゆっくり買物をするのは無理でした。

都内での編集者との打ち合わせを終えると、わたしは一人でデパートに行き、食器売り場を見て回りました。候補はすぐに見つけたものの、それはそれは悩みました。

直径二十五センチほどの白地の皿で、外側の幅五センチほどに斑点が散っています。赤紫色、黄土色、オレンジ色、灰色の四色で、これならどんな料理を盛りつけても合いそうです。値段は一枚三千円ほどでした。四枚揃えると一万二千円ですから、失敗するわけにはいきません。本やCDなら、「なんだ、ちっとも面白くないじゃないか」と放ってしまえばいいけれど、お皿は十年二十年、ひょっとすると一生使い続けるのです。

「いや、絶対にこれでいいはずだ。十年以上も料理を作り続けているんだから、少しは食器を見る目もできているはずだ」

わたしは決心して、その皿を四枚買いました。帰宅した妻に恐る恐る見せると、「きれい。とてもいいんじゃない」と喜んでくれました。そのときの安堵と嬉しさは、いまでもはっきりおぼえています。それからは食器を扱う店を見つけると立ち寄るようになり、気に入ったお皿や鉢があれば買っています。

わたしは日記を付けたことがなく、家計簿も付けていません。小説には同時代の記録としての意味合いもありますが、深く記憶に刻まれているからこその記録なのではないでしょうか。

とはいえ、せっかくの機会ですので、この一週間の夕食の献立を書いてみます。

日曜日

○五目ちらし寿司
○焼き鳥＊
○胡瓜の塩もみ
○あさりの味噌汁

月曜日

○上海風焼きそば
○春巻き＊
○トマトのサラダ
○杏仁豆腐

火曜日

○鶏の唐揚げ
○茹でアスパラガスとトマトのサラダ
○油揚げとねぎの味噌汁

水曜日

○チキンライス
○押し麦入りのミネストローネスープ
○ほうれん草のソテー

木曜日

○カツ丼
○めかぶの酢の物
○大根千切りの味噌汁

金曜日

○ハンバーグステーキ
○カマンベールチーズ＊
○トマトとレタスのサラダ
○豆腐とワカメの味噌汁

土曜日
○チャーハン
○ワンタンスープ
○中華風サラダ＊

（＊印は出来合いのものです。）

料理はどれも、できるだけ薄味にするように心がけていています。塩、醤油、味噌は控えめにして、基本的に出汁で味付けをする。カレーのルーは甘口のもので、麻婆豆腐にも豆板醤や唐辛子は入れません。夫婦二人のときはかなり辛いカレーを作っていたのですが、小さかった三四郎も食べられるように甘口にしたら、そのままになってしまいました。

夕食のとき、妻とわたしは五百ミリリットルの缶ビールを分けて飲むか、グラス一杯のワインを晩酌にするのがならいです。わたしはすぐに顔が赤くなる安あがりな体質なので、夕食がすんだころには酔いが醒めています。

いまもそうしているように、午後九時過ぎからまたテーブルに向かい、日付けが変わるころまで執筆します。息子たちと妻は、わたしが作った夕食に満たされて眠っていて、主夫としての役目を果たした充実感から、おもう存分創作に没頭できるというわけです。

最後になりましたが、それぞれの流儀で主夫をしている男性のみなさんに、心よりのエールを送ります。主婦である女性の方々にも、「ご苦労様です」と声をかけさせてください。

「男は外で働き、女は家を守る」というのも一つのやり方でしょうが、夫婦によって様々な役割分担のバリエーションがあっていいと、わたしはおもっています。大切なのは、山あり谷ありの人生を、ひと組のカップルとしてどう乗り切っていくのかです。女性も男性も手に職をつけて、家事もできるようにしておけば、家族が生き延びていける可能性は格段に上がるはずです。

この本を読んでおもうところがあった男性のみなさん、思い立ったが吉日です。エプロンを着けて、お皿を洗うことから始めてはいかがでしょうか。奥さんやお子さんから感謝されること請け合いですし、間違いなく世界観が変わります。

女性のみなさんはプレゼント用に包装して、恋人やご主人に差し上げてください。きっと末永い幸せが訪れることでしょう。料理をすることまでは保証できませんが、男性が家族ともっとフランクにかかわるようになるとおもいます。

子どもたちが楽しくすごせる家庭が増えますように！

「この仕事はいったいなんのためにしているのか?」

企業や役所に雇われていれば、そうした疑問は尽きません。しかし、子どもの相手をつとめて、料理や洗濯や掃除をすることは、間違いなく家族のためになっています。

初めは、泣きやまない子どもをもてあましたり、慣れない家事が嫌になることもあるでしょう。妻子に尽くすばかりで、やり切れない気持ちにもなるとおもいます。でも、かけがえのない家族と共に過ごす月日のなかで、あなたはたくさんのことを考えるでしょう。今こそ学びたいともおもうはずです。

わたしは主夫をするなかで、小説や音楽や絵画や演劇が人間の暮らしにとっていかに必要なものかが、ようやくわかった気がしました。衣食住の大切さは言わずもがなです。そうした考えに至れたのも、洗濯物を干すために天気に注意を払い、家族の健康状態に応じて食事を作り続けてきたからだとおもっています。

それにしても、子どもの成長ほどありがたいものはありません。ただ毎日一緒にいただけなのに、こちらがおもっているよりもずっと多くのものを日々の暮らしから吸収していきます。

「ずいぶんしっかりしてきたなあ」と、このごろ息子たちに感心することが増えたのですが、そのぶんわれわれ夫婦は老いぼれてきました。もっとも、体力は落ちたけれど、自分なりに試行錯誤しながら生き抜いてきたという自恃に支えられて、まだまだ仕事ができそうな気分でいます。

佐川光晴（さがわ・みつはる）

一九六五年二月八日、東京都新宿区生まれ。四歳のとき、神奈川県茅ヶ崎市の公団住宅に転居。両親と三人の妹と弟の七人家族。八三年四月、北海道大学に入学し、恵迪寮に入寮。八九年三月、北大法学部を卒業と同時に結婚。出版社勤務ののち、九〇年から二〇〇一年まで大宮の屠畜場で働く。〇〇年「生活の設計」で第32回新潮新人賞を受賞。〇二年、『縮んだ愛』で第24回野間文芸新人賞を受賞。一一年、『おれのおばさん』で第26回坪田譲治文学賞を受賞。人気シリーズとして、現在第四巻まで刊行されている。『ジャムの空壜』『家族芝居』『銀色の翼』『ぼくたちは大人になる』『静かな夜』など著書多数。ノンフィクションに『牛を屠る』。埼玉県志木市在住。妻と息子二人との四人家族。

主夫になろうよ！

二〇一五年二月二十八日　初版

著者　佐川光晴
発行人　小柳学
発行所　左右社
一五〇―〇〇〇二　東京都渋谷区渋谷二―七―一四　青山アルコーブ
ＴＥＬ〇三―三四八六―六五八三　ＦＡＸ〇三―三四八六―六五八四
装画・装幀　佐々木一澄
印刷・製本　藤原印刷株式会社

 ISBN978-4-86528-118-7

佐川光晴作品集

静かな夜

――弱さ、もろさが生む光。生と死をしずかに見つめなおす傑作中篇4作品。
佐川光晴青春の原点ともいうべき、北大恵迪寮を舞台にした「二月」「八月」も収録。

本体一六〇〇円＋税